Mizushima & Sawamura
「くちびるに銀の弾丸」

「やめるならいまのうちだよ」
気の毒なまでに青ざめた水嶋は、なにも言わなかった。顎に指をあてて上向けたときも。ひそやかな熱が渦巻くちいさな部屋で、軽く触れただけのキスをしたときも。なにも言わずに、ただ観念したように瞼を閉じていた。
より）

Chara

くちびるに銀の弾丸

秀 香穂里

キャラ文庫

この作品はフィクションです。
実在の人物・団体・事件などにはいっさい関係ありません。

目次

くちびるに銀の弾丸

口絵・本文イラスト／祭河ななを

朝のラッシュアワーを少し過ぎた地下鉄内で、澤村朗《さわむらろう》は扉の窓に向かい、必死の形相でネクタイの歪《ゆが》みを直していた。マスタードイエローのネクタイはいささか派手な色味だったかもしれない。髪が明るめの焦げ茶だから、暖色系のネクタイを締めると、闊達《かったつ》というよりも単に軽い男というイメージが強くなる。

よりによって寝坊したせいで、ネクタイをじっくり選ぶ余裕がなかったのだ。昨晩、行きつけのクラブで引っかけた女を首尾よく持ち帰ったのはいいが、彼女が朝の支度《したく》に手間取ったせいで自分まで出遅れたのだった。

「くそ」

名前すら聞かなかった女を思い出して舌打ちし、澤村はどうにか整ったネクタイから、今度は毛先のはねた髪を乱暴に撫《な》でつけた。

真っ暗なトンネルを抜け、電車は赤坂《あかさか》駅へと向けてスピードをゆるめる。ガタン、と車内全体が揺れ、停車する寸前にもう一度暗い窓に映る顔をチェックした。自分の容貌が見苦しくないことは知っている。髭《ひげ》の剃《そ》り残しはなし、ネクタイも曲がっていない。クリーニングから上がってきたばかりのシャツもぴんとしている。電車から下りた瞬間、視線を落としたウイングチップの爪先もぴかぴかだ。

息せき切って地下鉄の階段を駆け上り、横断歩道の信号はすべて無視した。約束の時間よりもすでに十五分遅れているのだから、迷惑そうにクラクションを鳴らされても知ったことか。

一面ガラス張りのオフィスビルに飛び込み、澤村は脇《わき》に抱えた鞄《かばん》からスタッフパスを取り出し、首にかけた。勤務中、社員は全員、このパスをかけるのが決まりになっている。

高速のエレベーター内は幸いなことに自分ひとりと思いきや、背後からぽんと肩を叩《たた》かれた。慌てて振り向くと、後輩の瀬木《せぎ》がにこにこと笑って立っている。

「おはようございます、澤村さん。もしかして会議に遅刻してるんじゃないですか？」

「うるせえよ。……昨日の女がなかなか起きなくてさ、朝っぱらから手こずっちまった。口紅が見つからないだのストッキングが破けただの、やかましくて参ったよ」

「あーあ、ご愁傷様です。それ、わざとなんじゃないですかねえ。だから昨晩言ったのに。あのひと、なんか面倒くさそうですよって。僕の忠告全然聞いてなかったでしょ」

「なに言ってんだよ。あの女、おまえも狙《ねら》ってたんだろ」

「バレてましたか」

瀬木は悪びれた様子もなくえへへと笑い、頭をかいている。

「だって、あんなパーフェクトなスタイルしてるひとってそうそういないですもんね。いいなあ澤村さん。楽しめました？」

「楽しめてたら朝から笑顔全開に決まってるだろ。実際に脱がしてみたら底上げのブラジャーつけててガックリした。そういうおまえのほうはどうだったんだよ」

ふたりして昨晩の成果をあれこれと言いあっているあいだ、階数を表示する電光掲示板がちかちかと点滅し、目指す階へと近づいていく。

「早くしろよ……、ったく！」

隣に立つ瀬木が苦笑をもらすのにも構わず、澤村は腹立ちまぎれにドアを蹴《け》り飛ばす。

「会議が終わったら部署に戻ってきますか？　それともどこか出ちゃいます？」

「戻るよ。目を通さなきゃいけない資料があるんだ」

「じゃ、またあとでゆっくり」

瀬木がにこりと笑うのと同時に、チン、と軽やかな音を立ててエレベーターが止まる。澤村は「またあとでな」と手を振りながら駆け出した。

初めて顔をあわせる相手も、なんらかの都合で遅れていればいいと思う。たった数人しか顔を出さない打ち合わせだが、自分ひとりがあとからのこのこと顔を出すというのは、やはりきまりが悪いものだ。

「おはようございます！　遅れて申し訳ありません」

必要以上に声を張り上げて扉を開くと、正面からぎらりと射抜くような視線が飛んでくる。続いて、室内にいた人間の視線が一気に集中した。

「遅い！　おまえがいちばん最後だぞ。なにやってんだよ、初日だっていうのに。昨日も夜遊びに励んでたのか？」

息つく暇もなく、はめ殺しの窓に寄りかかっていた赤いポロシャツの男に怒鳴《どな》りつけられた。澤村は顎髭《あごひげ》が見事な男に向かって、「すみません、伊藤《いとう》さん」と頭を下げる。彼はチームの総括責任者、いわゆるプロデューサーという立場にあるだけに、しっかり謝っておかねばあとに響く。

「ほんとうに申し訳ありませんでした。以後気をつけます」

「まあいい、早く座れ」

「澤村さん、僕の隣にどうぞ」

顔見知りのグラフィッカーが声をかけてくれたことで、澤村は周囲に軽く会釈しながら腰を下ろした。

澤村を怒鳴りつけてきた伊藤は一見若々しい外見をしているが、すでに三十代後半に差し掛かっている。テーブルを囲んでいる六人の男も皆くだけた格好をしていて、一般の企業とはまったく違う異質な雰囲気を漂わせている。

ちらりと腕時計に視線を落とせば十時二十分をまわったところ。企画会議が開かれるには早い時間帯で、周囲もまだ眠気の残った顔をしていた。これが普通の会社であれば十時過ぎの会議もそうめずらしくないだろうが、澤村が勤める〝ナイトシステム〟は業界の中で中堅どころとして知られるゲームソフトメーカーだ。就業時間に関してはもちろん、服装をはじめとしたさまざまな規則も他企業と比べればずっとゆるい。

澤村にもすぐに書類と追加のコーヒーが回されてきた。走ってきたことで乱れた息を整えていると、伊藤がポロシャツの裾を引っ張りながら立ち上がり、「それじゃ、改めて紹介する」と室内をぐるりと見回す。

「一昨日からうちの社員となった水嶋弘貴《みずしまひろき》さんだ。今後、きみらと一緒にチームを組んでもらうことになる。それじゃ水嶋さん、ご挨拶《あいさつ》を」

伊藤の横で立ち上がる男に、澤村はコーヒーを飲む手を止めた。テーブルを挟んで真正面に立つ男が、いまゲーム業界でもっとも才能のあるクリエイターと噂《うわさ》されている男だ。これまでは雑誌の記事やゲームショウでしか顔を拝む機会がなかったが、なるほど、作品と同時にその容貌についてとやかく言われるだけのことはある。間近で見れば見るほど、端正な顔立ちだ。

対外的な交渉にあたるプロモーションという職に就く澤村は、日頃からスーツを着用しているが、色を抜いた髪や普通のサラリーマンならまず選ばないような色柄のネクタイが許されているのも、センスを問われるゲーム業界ならではだ。周囲の男も全員、ポロシャツやボタンダウンのシャツにジーンズといったラフな格好をしている。そのなかで、やや細身の身体をマオカラーのスーツで包む水嶋は際だち、静かな気迫に満ちていた。

「はじめまして。水嶋弘貴です。今後しばらく、この〝ナイトシステム〟できみたちと一緒に作品をつくっていきます」

好奇心入り混じる皆の視線を受けてもびくともしない男の深みがある声には、トップクリエイターとしての自信と芯《しん》の強さが窺《うかが》える。すっと通った鼻梁《びりょう》や作りものみたいに見えるくちびるがバランスよく配置された顔のなかで、澤村の気を惹《ひ》いたのは切れ長の目だ。くっきりした二重で、涼やかというよりも手強さを感じる。いまどきのはやりの顔とは違い、少々クラシカルな雰囲気なのも、メディアが騒ぎ立てる一因だと思えた。

以前、雑誌の記事で読んだプロフィールでは、水嶋は今年三十一歳になるはずだ。そのわりに、三つ年下の自分とあまり差がなく見える。これほど整った男がミリオンヒットを飛ばすゲームを作っているとなれば、誰も放っておきはしないだろう。

その水嶋が軽く息を吸い込み、狙い澄ました視線を投げてくる。それをまともに喰《く》らい、澤村は目を瞠《みは》った。部屋に入ってきたとき、最初に感じた鋭い視線と同じものだと気づいたからだ。

こいつには怒っている顔がいちばん似合っている気がする――出会ってまだ間もないのに、いささか可笑《おか》しい気分さえ味わっていた。

「俺は時間を守らない奴を最低だと思っている。一緒に仕事をするなら、二度と時間に遅れるな。それから、俺が来た以上は絶対に売れるゲームしかつくらない。屑《くず》なソフトが市場にあふれている現状で、それを加速化させるようなものを生み出すつもりはまったくない」

初顔合わせという場にありがちなおべんちゃらや無意味な笑顔といったものを一切排除した水嶋に、室内に居合わせた男たちが一斉に息を呑《の》む。今日、初めて顔を合わせた男がまさかここまでご大層なことを言うとは思っていなかったに違いない。

とはいえ当の澤村は、へえ、案外言う奴だなと思っただけだ。辣腕《らつわん》クリエイターという冠は伊達《だて》じゃないらしい。時間を守らない奴、というのは当然自分を指しているのだろう。これといった感情を浮かべていない顔を見ているうちに、じょじょにおもしろくなってきた。他の人間がいる前でわざわざ嫌味を言わなくてもいいじゃないかとも思ったが、いままでに見たことがないタイプだけに興味が湧《わ》いてくる。

しんと静まり返った室内で、総括責任を担う伊藤がにやにやと笑いながら紙コップを手にする。

「水嶋さんの言うことはもっともだ。澤村、気をつけてくれよ。広報たる者、大事な場面で時間に遅れてちゃいいプロモーションはできないぜ」

「はい。申し訳ありません」

表向きはことさら殊勝なふりを努めた。

「じゃ、今度の作品について水嶋さんから簡単に概要を説明してもらう。彼にはこのゲームの基本となる世界観やシナリオ、キャラ設定のすべてを担ってもらうプランナーとディレクターを兼任してもらう。最初のうちはいつものようにメインのグラフィッカー、コンポーザー、プログラマーとプロモーションのきみたち最少人数でチームを組んでもらうが、まあ追々人数は増えていくからな。よろしく頼む」

伊藤が手にした書類をめくるのと同時に、隣に立つ水嶋はひとつ咳払《せきばら》いをしたあと、なめらかな声で新作について話し出した。

澤村も書類に視線を眺めるふりをし、合間に水嶋を盗み見た。

いいスーツを着ている。そこらの吊しではないことは、仕立てのよさを見てもわかる。肩幅

もぴったりだし、袖の長さもちょうどいい具合だ。趣味がいいなと思い、彼がうつむき加減に書類に目を落としている隙《すき》に身体のラインをじろじろと眺め回した。

なにか運動でもやっているのだろうか。引き締まった身体は腰の位置が高く、バランスがいい。並んで立ったら自分よりも頭半分は低いだろうが、足の長さはほぼ互角かもしれない。さぞかし女にはもてるだろうなと思う。

初日早々怒鳴られて、最悪の顔合わせだと他人《ひと》は言うだろう。今後一年間近く、こんな男の下でやっていけるのかと。澤村自身、新入社員の頃ならいざ知らず、二十八にもなって大勢の前で叱《しか》り飛ばされるとは思わなかったが、これぐらいのことで腹を立てていたら広報は務まらない。

ナイトシステムに勤め始めて、早六年。澤村は入社以来一貫して、自社でつくり出すソフトを外に向けて宣伝するプロモーション企画部に所属してきた。

もともと、ゲームは好きなほうだった。夏にサーフィン、冬にスキーで鍛えた身体と派手な造作とでは誰もがアウトドア派だと思い込むようだが、それはそれ、家の中でひとりのんびり楽しむテレビゲームも好きだったのである。

友人も多く、隣を歩く女は週替わりだった。このまま浮かれた気分を引きずって、大学卒業後は大手広告会社へ、と友人たちは皆思っていたらしい。澤村も当初それでいいかと漠然と考えていたところ、たまたま目についたのがゲーム業界という、社会的にはまだ未開拓の部分が多いジャンルである。

いまでこそ女性も男性も気軽に遊ぶようになったテレビゲームだが、その頃はまだ、子どものおもちゃという認識が根強かったことが、澤村の気を惹いた。

多くのひとが知るような広告会社に入社して大手を振るのもいいけれど、同じ宣伝に携わるなら、映像と音楽と魅力的なシナリオが絶妙に融合したゲームという、業界そのものが未知数を含んでいる作品のほうがやりがいがありそうだと感じたのだ。

ナイトシステムは質実剛健な戦略シミュレーションやアクションゲームを生み出す会社として、長年コアなファンに愛されてきたソフト会社だ。華やかさには欠けるものの、緻密《ちみつ》な計算と徹底した世界観に基づいてつくられた作品群は、主に男性ユーザーの熱い支持を受けてきた。澤村も、学生時代に友人から教えてもらったナイトシステムのゲームにはまり、危うく単位を落とすほどの勢いで熱中した覚えがある。

『熱心なユーザーのみに受け入れられるソフトを地道につくるメーカーで、人目を惹くような宣伝をやってみたい』

学生時代の澤村はそう思った。派手なことが大好きで、コンパをはじめとしたもろもろの企画を盛り上げるのは大の得意だった。弁も立つほうだったし、なによりもセールスプロモーシヨンに欠かせない粘り強さと体力には自信があったのだ。

もちろん、学生ならではの気楽な頭で考えた企画が、そのまま一般社会で通用するほど甘くはなかったが、入社以来手がけてきたソフトは軒並み順調に売り上げを伸ばしている。

度胸のよさと、まめな対応、笑顔を徹底的に自分に課してきたことで、同期よりも頭ひとつ早い出世を果たし、この春ついにプロモーション企画部のチーフの座を手に入れた。

責任ある立場として最初に手がけることになったのが、今回の水嶋作品のプロモーションである。

しかし、書類を読み進めるうちに水嶋のやろうとしていることが想像していたものとは大きく違うことがわかり、澤村は場もわきまえず、ついため息を漏らしてしまった。その瞬間、隙のない視線を感じてはっと顔をあげると、水嶋が睨《にら》み据えている。落胆した顔を見られたのはもちろん、いまのため息も聞かれたのだろう。黙って視線を落としたけれど、書面で初めて概要を知った水嶋の新作がつまらないという印象は拭《ぬぐ》いきれない。

ここに移ってくる前に水嶋が手がけてきたソフトはどれも鮮烈な映像で、独創的、かつ洗練されたシステムを搭載し、いつも業界の話題をさらってきた。いまから五年ほど前に第一作が発売されたサバイバルホラーアクションシリーズをきっかけに水嶋の名は爆発的に売れ、その後も連続してヒット作を放っている。不況が続くゲーム業界で立て続けにミリオンヒットを記録した一連の作品を、澤村も夢中になって遊んだものだ。

　主人公がドライブ中に道に迷い、不気味な怪物が這《は》いずり回る山中の館《やかた》で戦慄《せんりつ》の一晩を過ごすという、ストーリー展開はいたって単純でありながら、ゴシックホラーの美学を追求した館は細部まで描き込まれ、主人公に襲いかかる怪物も正視するのがつらくなるぐらいにグロテスクだった。カメラワークも抜群だったため、部屋に入るたび、廊下の角を曲がるたび、次になにが出てくるかという恐れと期待でプレイ中はずっと手のひらに汗をかきっぱなしだった。ゲーム機本来の性能を最大限に生かしきった高度なグラフィックは見事というほかなく、追い回される緊張感と恐怖感に、謎解きのおもしろさも組み込んでいた。

　ライバルメーカーのソフトとはいえ、寝るのを忘れて遊んだのは久しぶりだっただけに、昨年発売されたシリーズ最終作はクリアしてしまうのが惜しくてならなかった。全五作にわたって仕掛けられていた謎が最後の最後になって明らかになったとき、あまりの出来のよさに唸《うな》ったほどである。

　ひと目見ただけで、水嶋のソフトだとわかる作品。それを期待したのに、彼がここナイトシステムでつくろうとしているのは、これまでの孤独なサバイバルアクションとは百八十度違い、ひとびとのコミュニケーションを軸に置いたものである。

　ある村に引っ越してきた主人公の少年が自分の家を構え、村人たちとの触れあいを楽しむといった今回の作品に、センセーショナルな匂いは欠片《かけら》もない。よく言えば温かみの感じられる作品だが、悪し様に言えばメジャー受けしないオルタナティブな内容だ。

水嶋のゲームは見栄えがするからやりがいがあると思っていたのに。これでは計算違いもいいところだ。

一時間弱の打ち合わせを終えたあと、澤村は失望感をあらわにしたまま自分の部署に戻った。午前十一時を回った社内はわりあいのんびりした空気で、企画部もひとがまばらだ。隣の席と簡単なパーティションで区切っている自分のデスクにバサリと書類を放り投げると、「あ、打ち合わせ終わったんですか」と右から声がかかった。朝方、エレベーターで顔をあわせた瀬木がなにやら含み笑いをして顔をのぞかせている。

「会議、大丈夫でしたか？　水嶋さんって時間にうるさいひとって聞いてるし」

「そうか。まあそんな感じだったな」

ジャケットを脱ぎながらぶつぶつ呟《つぶや》くと、「相変わらずですねえ」と苦笑交じりの声が返ってくる。

「どうでしたか、噂のひとは。僕も会ってみたかったなあ」

「これからいやになるほど会えるだろ。同じ社内にいるんだしさ。おまえには俺の補佐を頼んでるんだからな、しっかりやれよ」

「はいはい。頑張ります」

男にしては可愛い顔立ちで笑う瀬木は、年下ながらも澤村同様に物怖じしない性格で、飲み込みが早くフットワークもいい。昨年の春入社したばかりだが、彼の度胸のよさを買って、全部で五人いる企画部から彼を今回の補佐役として選んだのだった。

澤村はさっきもらったばかりの企画書をぱらぱらとめくりながら、煙草《たばこ》に火を点《つ》ける。打ち合わせ中に一服もできなかったから、肺の奥まで目一杯吸い込んだ。

「俺もスモーカーだが、打ち合わせ中だけは控えてもらいたい」という水嶋の言葉で、その場に居合わせたスモーカー全員が我慢を強いられることになったのだ。今日はまだ顔合わせということで一時間ですんだが、今後繰り広げられる膨大な数の会議はとてもそんな短時間で終わるはずがない。グラフィッカーやプログラマーたちだけが集《つど》う開発者同士の会議にまでは顔を出さずにすんでも、たいていの場合において、プロモーションに携わる澤村も同席することになっている。

本人には興味を覚えるものの、仕事としては相当厄介そうだ。あんな冴えない作品を、今後一年間にわたって多くのメディアに売り込まねばならないのかと思うと気が滅入ってくる。

もっと目立つものならよかったのに。これではいままで売り出してきた自社のソフトと変わらない。いや、それよりもさらに地味かもしれない。

知らず知らずため息をついたのが隣にも聞こえたのだろう。瀬木がまたもパーティション越しにひょいと顔をのぞかせ、「そういえば澤村さん、今夜の合コンどうします?」と手にしたボールペンをくるくる振り回す。

「合コン? そんな約束あったか」

「やだなあ、澤村さんがセッティングしておけって言ったんでしょう。ほら、〝バウ・ソフト〟の女性広報チームとの合コン。あれ、今夜の十九時に銀座《ぎんざ》でやりますから。店は澤村さんの指示どおりに押さえてあります」

「ありがとよ。……そっか、合コンか、うっかり忘れてたぜ。だったらもうちっとマシなネクタイ締めてくるんだったな」

「確かにそれ、ファンキーな柄ですよね。でもまあ、澤村さんにはよくあってると思いますけど? イージーさがますます強まっていい感じ」

澄ました顔の後輩をぎろりと睨みつけ、「おまえな、それが先輩に向かって言う言葉か」と澤村は盛大に煙を吐きかけた。

「だいたい、いつも言ってるけど……」

言いかけたそのとき、デスクの片隅で電話が鳴り出した。断続的な呼び出し音からして、内線のようだ。

「電話電話、とっとと出たほうがいいですよ」

運良く小言を逃れた瀬木にちっと舌打ちし、内線ランプが点滅している受話器を取り上げる。

「もしもし、プロモーションの澤村です」

『水嶋だ』

いましがた打ち合わせを終えたばかりの相手が電話をかけてきたことに、澤村はうっかり受話器を取り落としそうになった。

さっき会ったばかりなのになんの用だって言うんだ。

『渡した書類を持って、いまから俺の部屋に五分以内に来てくれ』

それだけ言って、電話はぶつりと切れた。

ナイトシステムに来たのは一昨日のことなのに、水嶋の態度ときたら啞然《あぜん》とするほどに尊大なものだ。前の会社でもこんなに横柄だったのだろうか。売れているから、なにをしても許されるとでも考えているのだろうか。

澤村はかすかな苛立《いらだ》ちを覚えて立ち上がり、ついでに瀬木のうしろを通る瞬間、丸めた書類を彼の頭に叩きつけた。

「なに八つ当たりしてるんですか、もう」

「うるさい。後輩ならおとなしく叩かれてろ」

むちゃくちゃなことを言っている。自分でもそう思いながら足早に歩き出した。

水嶋たち開発者がいる部屋は、澤村たちの部署よりも二階上のフロアにある。エレベーターを使うよりも、非常階段を使ったほうが早い。三段飛ばしで階段を駆け上がり、五十六階に辿り着いたあとも足をゆるめずに廊下を走った。どうも今日は朝から走ってばかりだ。

億単位の金を受けて他社から移籍してきた水嶋には、その立場にふさわしい個室が用意されている。一流ホテルのようなきらびやかな装飾がされているわけではないものの、トップクリエイターともなればやはり他のスタッフたちとは扱いが違う。

多くの開発者が仕事に励んでいるだろう部屋の並びのいちばん奥に、水嶋の部屋がある。つい一時間前と変わらぬ緊張を感じつつ、澤村は扉を二度叩いた。

「入ってくれ」

声が聞こえてきたことで、「失礼します」と一礼しながら扉を開く。初めて足を踏み入れるディレクターの部屋には段ボールが積み重なり、移籍したての乱雑さにあふれていた。他の階よりも枠を大きく採った窓からは都心が一望でき、少し先には東京タワーも見える。この高さからなら、さぞかし夜景が綺麗《きれい》に見えることだろう。

部屋の主である水嶋が煙草をくわえながら、「そこのソファにでも座ってくれ」とうながしてくる。片づけをしていたらしく、シャツの袖《そで》をまくり上げたラフな格好だ。

大きなデスクセットと二組のソファは、前もって運び込まれていたらしい。窓際と、部屋の中央それぞれにきちんと配置されている。壁面にはスチール製の本棚も据え付けられていて、その足下には分厚い本が顔をのぞかせる段ボールが積み上げられていた。

それにしても、広い部屋だ。ゆうに十五畳近くはある。水嶋の名は業界の内外に知れ渡っているけれど、社内にいるかぎりは澤村と同じく、一サラリーマンという立場にある。組織を支える歯車のひとつにあてがわれる部屋としてはかなりのものだと、意地の悪い考えであたりを見回した。

「なにか飲むか」

訊《たず》ねられて、澤村は儀礼的に頭を下げ、「それじゃ、コーヒーをお願いします」と答えた。年齢的にも、キャリア的にも、もちろん会社内の位置づけとしても水嶋のほうが上にいる。内心気に食わないと思っていても、顔に出すのは論外だ。

移籍してきた直後にしては横柄で、日本人ならではの謙虚な姿勢というものがまったく見あたらない男は、初日から早々なにを話そうというのか。年齢のわりには肝が据わっているというのが自分の売りではあるものの、急に呼びつけられたことには裏があるように思えて、下手に切り出すのはためらわれる。ここはひとつ、相手の出方を見たほうがいいと、出されたコーヒーにも口をつけず、水嶋が話し出すのを待った。

「きみの社歴に関しておおまかなところは伊藤さんから聞いている。率直に聞かせてほしいんだが、仕事に自信はあるほうか？」

澤村はどう返答しようかと考えあぐねたのち、「はい」と答えた。

「どんなにいい作品でも売り方を間違えればミリオンヒットは狙えません。百の力を持ったソフトを百五十にして売る自信が俺にはあります」

「……たいした自信家だな。ま、いいだろう。きみにいくつか質問したい」

正面のソファに腰を下ろすなり、水嶋が分厚いファイルをめくる。澤村も素早く視線を落とし、来るべき攻撃に備えて息を吸い込んだ。

予想するに、この男は徹底した完璧《かんぺき》主義者だ。ひとつたりともミスを許さず、失態をさらせば容赦なく追及してくるだろう。今朝の遅刻が彼のなかで汚点として刻まれているならば、早い段階で消去させなければならない。

「俺がつくろうとしている作品については、さっきの説明でだいたいわかってもらえたか」

「おおよそのイメージは摑《つか》めたと思えます」

「それじゃ、どうプロモーションしていくか教えてくれ」

　絶対にメジャー受けしない作品だと思っていても、仕事は仕事だ。個人的感情を挟まず、澤村は落ち着いた口調で話し始めた。

「発売を一年後のゴールデンウイーク商戦に控えていますから、雑誌をはじめとしたメディアへの露出も早期の段階で考えています。具体的には第一報が六月下旬、その時点ではゲームの概要とイメージイラストがあれば十分です」

「うん、そのあとは」

「十月下旬に開催されるゲームショウにあわせて、デモプレイができる程度のバージョンをつくっていただければ、それを主要都市の量販店とコンビニでサンプルとして無料配布します」

「そのへんはセオリーどおりだな。もう少し突っ込んだ宣伝方法はないか」

　指に挟んだ煙草の灰が長くなるのにも気づかず、水嶋はファイルに視線を落としている。その様子を窺いながら、澤村はざっと目を通しただけの企画書をもう一度頭の中で反芻《はんすう》した。怜悧《れいり》な顔を見ていると、この男を意地でも納得させてやるという欲求がふくれ上がってくる。こっちにだってプライドとキャリアがあるのだ。セオリー通りと評され、ああそうですね、すみませんとすごすご引き下がれるものか。

　まだぼんやりとした印象しかない水嶋の作品。タイトルも決まっていないだけに、今後どんな変化を遂げるかは澤村にもわからない。だが、いま手にしている材料で考え得るかぎりのアイデアを出さねば、この男は承知しないだろう。

「このゲームの対象年齢は二十代から三十代前半と、普通のソフトよりもかなり高い年齢層を想定していますね。でしたら、普通にテレビＣＭを流すよりは紙媒体で強く訴えるべきだと思います。この世代なら雑誌類にも多く目を通しているでしょう。ゲーム誌はもちろん、一般的な週刊誌に大々的に広告を載せるとか、電車の車内吊りを占領するとか」

「……なるほどな。車内吊りか」

「もう少し派手にいくなら、ゲームのロゴをペイントした大型のロケバスを都内各所に走らせるというアイデアもありますが」

「それはちょっとやりすぎじゃないか？」

　語尾がはねあがったのを聞き取って顔をあげると、ずっとこちらを見ていたらしい水嶋と目があった。意表を突かれたような顔をしている。

「でも、確実に目は惹きますよ。通りを歩いてるひとにもアプローチできますしね。そういう宣伝なら対象年齢外の十代にも強く響くと思いますし。あとは、そうですね。ネットワークにも対応できる要素がありそうですから、携帯電話を使ったイベントができればいいんですが」

「そうだな、……うん、とりあえずはそんなところか」

頷《うなず》いて、水嶋が短くなった煙草を灰皿に押しつける。それで澤村もほっと息を吐き出し、ソファにもたれかかった。どうやら第一の難関は突破したらしい。

「見込みどおりの男のようだな。澤村、きみの噂は前の社にいたあいだもいろいろ聞いていた。ナイトシステムにはやり手の広報がいるって」

「は、それはどうも」

微笑《ほほえ》まれただけで、水嶋が与《くみ》しやすく思えてくるのは甘いだろうか。さっきは怒っている顔が似合うと思っていたが、意外にもその笑顔は小粋なものだ。

「腕がいいというのが見かけ倒しじゃないかどうか、少し試させてもらったんだ」

どうせそんなところだろうとは思っていた。常々、とっさの機転が利くほうだと自負しているから、慌てたり怖じけたりということはまったくなかった。

「それで、どうでしたか？　俺の宣伝方法は」

「そうだな、……六割は使える。あとの四割は再考だな。結構いい打率なんじゃないのか」

「辛《から》い評価ですね」

シビアな返答に、澤村は苦笑いする。即席であるにしても、上出来の案にけちをつけてくるとはたいしたものだと思う。

黙って煙草をくゆらせる水嶋の顔は、見ようによっては満足しているものにも思えたが、次に口を開いたときにはがらりと声音が変わっていた。

「これはもしかしたら俺の勘違いかもしれないが、澤村はこのゲームに興味が持てないか?」

「え、いや、そんな」

いきなり突っ込まれ、不覚にもろくな答えが返せなかった。しどろもどろの回答では、「全然興味がない」と言わんばかりだ。

「とんでもありません、水嶋さんの作品なら——」

お世辞をつらつらと重ねてごまかそうとしたのを察したのだろう。水嶋が曖昧《あいまい》な顔で手を振る。

「さっき打ち合わせの席でため息をついていただろう。ちゃんと聞こえたよ。先に言っておくが、これから俺たちがつくるソフトを宣伝する気がないなら下りてくれ。同じチームに覇気のない奴がいるのは困るんだ」

「いいえ、そんなつもりはありません。俺の態度に不満があったら謝ります。申し訳ございません」

辛辣《しんらつ》なことを言う水嶋に深く頭を下げながら、こころの裡《うち》では、へつらうのなんて屁《へ》でもないと考えていた。ここで彼を怒らせれば、社内評価が悪くなってしまう。給料やボーナスの査定にも響く。

「……それともうひとつ、約束した時間はかならず守れ。今朝の打ち合わせの場には新人の北《き》野《たの》もいただろう。開発に携わる人間が時間にルーズでも許されるという厄介な癖をルーキー時代につけたくないんだ。だから、いまのうちに徹底しておきたい」

「もっともな話です」

澤村が遅れて部屋に入ったとき、それとなく隣の席にうながしてくれたのが、グラフィック担当の新人、北野だ。遅刻の点をほじくり返されると痛いだけだから、澤村は申し訳ない素振りを貫き、殊勝に頷く。

内心、なんとも思っていないことを見抜いたわけでもなかろうが、水嶋はかすかに眉間《みけん》に皺《しわ》を刻み、尖《とが》った口調で続けた。

「この仕事はクオリティを上げるためという言い訳で、いくらでも納期をずらす奴がいるだろう。俺はそういうのが大嫌いなんだ。待っているユーザーに申し訳ないし、時間は無限じゃないからな。納得いくものを期限内につくる、これは俺のポリシーだ。プロモーションにあたるうえでも、きみにはよく知っておいてほしい」

整った顔と強靱《きょうじん》な精神を目の当たりにして、澤村はこの男を自分のなかでどこに置くべきなのかとしばし考えをめぐらせる。

クリエイターとして、いまがいちばん旬にあたる彼は申し分ない才能を持っている。名声も金も、それに女もほしいままだろう。絵に描いたようなスタークラスの男が言っていることは耳に痛いものばかりだ。ただし、こういう立場にいる者にありがちな、見せかけの傲慢《ごうまん》さはなかった。仕事に厳しいために語調がきつくなるのと、本来の自分をことさら大きく見せるための大げさな発言とでは、根本的な意味合いが異なる。

実際、そういう奴らが多いのだ、この業界には。たった一本のソフトが当たっただけでスター気取りになる奴が。多くのスタッフたちが結集して築きあげたものを、さも自分だけの手で生み出したように語る奴らは周囲にごろごろいる。

その点、水嶋は違うらしい。

ハイクオリティなものを決められた期限でつくるというのは聞こえがいいけれど、ほんとうにできるのだろうか。

つらつらとそんなことを考えながら水嶋を見ると、いくぶんか困惑している視線とぶつかった。つまらないことを思い浮かべているあいだ、ずっと見られていたようだ。

「まだなにか?」

生意気かとは思ったが、訊ねずにはいられない。あとあとになって、嫌味を言われるのはごめんだから、この場で解消できる問題なら早々に片づけておくにかぎる。

「いや、別に……その顔つきじゃあんまり信用されてないみたいだな。まあ仕方ないか、初日だし。今日のところはこれでいい。またなにかあったら呼ぶ」

手元のファイルをぱたりと閉じて、水嶋が立ち上がる。先ほどの笑みの余韻もない顔は、能力テストが終了したのだということを伝えていた。

「失礼、します」

書類を小脇に抱えて部署に戻ると、瀬木がまたも話しかけてくる。どうやら今日の彼は手持ちぶさたらしかった。

「そうそう、さっき言い忘れてたんですけど、水嶋さんの歓迎会、どうします？　セッティング、僕たちに任されてるんですよね」

「そうだっけか？」

行ったり来たりでちっとも落ち着かない椅子《いす》を引き、澤村はどかりと腰を下ろした。その衝撃で灰皿の灰が舞い上がり、机を汚す。ぱらぱらとシャツの袖口に落ちる灰をふっと吹き飛ばしながら、怪訝《けげん》そうな顔の後輩を振り返った。

「今日はどうかしちゃったんですか、澤村さん。大好きな合コンに続いて歓迎会のことまで忘れるなんて。先週末にプロデューサーの伊藤さんから頼まれてたでしょ。忙しいなら、僕がやりましょうか？」

瀬木は機敏そうな目を大仰にくるりと動かす。

スケジュールを失念しているなんて、めったにないことだ。先週末はなにをしていたんだっけと上の空で考え、口の端にくわえて火を点けない煙草をぶらぶらと揺らす。

思い出した。いつも通っているクラブで引っかけた女と寝て、少々揉《も》めてしまった週だ。あの女、と澤村はもう顔も覚えていない通りすがり同然の相手を嘲《あざけ》る。ちょっと胸がでかくて顔もいいから誘ったら、軽そうなおつむ同様、下半身もお粗末なものだった。たった一回寝ただけなのに部屋の鍵《かぎ》をよこせとしつこくねだられて閉口し、しまいにはむりやり部屋から追い出す形になったのだっけ。その後、ゆうに三十分も扉をどんどん叩かれたのには参った。

誰が通りすがりの女なんかに鍵を渡すか。少し考えれば、自分がどんなレベルの人間かわかるだろうにとぼやきつつ、酒を呑んですぐに眠ってしまったから、女のことも、伊藤から言い渡されていたこともすっかり忘れてしまっていたのだろう。

くわえたままの煙草にようやく火を点けて、軽く頭を振った。

「いや、俺がやるよ」

「そうですか。じゃ、お願いします。予定してるのは来週の金曜日ですよ」

「わかった。……あ、昼飯食ったらおまえと水嶋作品のプロモについて打ち合わせたいんだ。A会議室、押さえといてくれ」

「早いですねえ。もう宣伝始めるんですか？　わかりました、一時から会議室を予約しておきますね」

てきぱきと答えて、瀬木は担当している別ソフトの雑誌取材が来るから、と席を立っていく。

ナイトシステムではソフト別に広報がつくというスタイルを採っており、瀬木も澤村も、水嶋作品の他に数本のタイトルを抱えていた。澤村が席を空けていたあいだにも、各出版社からソフト紹介記事の校正をしてほしいというファックスが何枚か届いていた。夜には合コンもあることだし、早めに戻したほうがいいだろう。

粗くコピーされた記事原稿を斜めに見ながら、歓迎会用の店を押さえるために手帳をめくる。

水嶋はどんなものが好きなんだろうか。中華かイタリアンか、それともフレンチか。あの顔なら、フレンチあたりでよさそうだと見当をつけた。そこそこに旨《うま》ければなんでもいいだろう。いまの自分に、あの男を歓迎する気分はこれっぽっちもなかった。

だが、前もって本人に確認したほうがいいかもしれない。憶測がはずれた場合、彼が相手ではなにかとうるさそうだ。

内線で水嶋を呼び出すと、コール二回で本人が出た。

『水嶋です』

他人行儀な声に、澤村は旨いものを食べさせてくれる店を記した手帳を意味なくめくる。

いまの第一声を聞いて、腹が決まった。こいつを連れて行く店なんか、どこだっていい。

「プロモーションの澤村です。先ほどは失礼しました。あの、水嶋さんの歓迎会を催そうと思うんですが、お好きな料理はありますか」

受話器の向こうでも、ぱらぱらと書類をめくる音がする。少し経ってから、『……別になんでもいいんだが……』と聞こえてきた。それを気のない返事と受け取り、澤村は受話器を肩と耳のあいだにはさむ。

「それじゃ、フレンチはどうですか。ここの近くに美味しい店ありますから、来週の金曜日にでも……」

『ごてごてしたソースは苦手なんだ。和食でいい。時間が決まったら連絡してくれ』

ひとの話を最後まで聞かずに言うだけ言って、またもや電話は一方的に切れた。不通音を空《むな》しく繰り返す受話器を見下ろし、澤村は呆気《あっけ》に取られていた。

名うてのクリエイターは、どうやらフレンチがお嫌いらしい。それにしても、社交辞令のひとつぐらい知らないのだろうか。こってりしたソースがだめだろうがなんだろうが、こっちが歓迎してやっているのだから黙って食えばいいのに。

持ち上げられてばかりで、気を遣うことはいっさいしないのだろう。歪んだ男だ。

完璧主義で時間にうるさく、それにそう、相当の男前でもある。だけど、一緒に仕事していくうえで顔のよさなどなんの役にも立ちはしない。

あの徹底ぶりでは、早いうちにスタッフとも頭からぶつかるのは目に見えている。

仕事としても、予想を大きくはずしてちんまりまとまりそうでおもしろみがない。移ってきたばかりの会社で、彼ならではの流儀がほんとうに通用するのか見てやりたいという底意地の悪い気分がこの数時間で早くも根付いている。

自分としては普段どおりの仕事をするだけで、一点の曇りもないプロモーションをしてやる。作品そのものが失敗に終わり、もし彼の名前が墜ちたところで、なんの痛みも感じないだろう。

ひとり勝手に空回りすればいい。

「お手並み拝見といくか」と澤村は薄く笑った。


翌日から始まった水嶋の作業に、スタッフの誰もが目を剝《む》いた。通常、開発の初期段階では、プランナーがゲームの概略を煮詰めるために膨大な企画書を起こすことがメインとなるのだが、水嶋のやり方は変則的で、澤村もろともメインスタッフは毎日九時に出社し、ブレインストーミングに参加することを命じられた。

「どんなゲームにするか、おおよその枠は決まっているが、自由に意見交換をすることで精度を高めたいんだ」

　そう言った水嶋に、スタッフたちが当初難色を示したのも無理はなかった。広報の澤村は午前十時前後に出社することが多かったけれど、彼らは、コアタイムが午前十一時から午後二時というフレックスタイム制を当たり前としていて、たいてい昼過ぎに出社していたのだ。それが今後毎日九時出社となると、普通のサラリーマンとなんら変わりなくなってしまう。

　会議の席でうっかりそうぼやいたスタッフに、水嶋はちらっと笑っただけだった。

「数日もすれば慣れてくるさ。人間の脳がいちばん活発化するのは午前中なんだ。開発後期になったらそりゃ徹夜仕事にもなるだろうけど。企画段階でオープンに意見交換することで、きみたちの能力を知るとともに、いつもどんなことを考えているか知っておきたいんだ。できれば協力してくれ」

　業界に名を轟《とどろ》かせる水嶋にそう言われてしまえば、異を唱えるのは不可能だ。

　ぼやくスタッフをなだめすかしたものの、澤村にとっても迷惑極まりない話だった。朝いちばんに片づけたいメールのチェックがずれ込むのは困る。取材依頼や校正依頼、それに業界内外の主要ニュースをクリッピングしたメールにも目を通しておきたい。インターネットで、ゲームやマルチメディア関連サイトを巡回するのも毎朝の慣例である。広報としての基盤をしっかりさせておくために、情報収集は欠かせないものだ。なのに、水嶋はそういうことを頭に入れていないらしく、ソフトのアウトラインをより明確にしたい、という言葉を容赦なく振りかざしてくる。

「噂に聞いた水嶋メソッドかあ、すごいですね。話には伝え聞いてたけど、メンバー全員のモチベーションを最後まで持続させるために少しも手を抜かないんですって？」

歓迎会を夜に控えたその日、瀬木がびっしりと詰まったプロモーションスケジュールを眺めながら言う。

「グラフィックの北野くん、早々にめげてましたよ。水嶋さんに出したキャラ案が何度も突っ返されるって」

隣から聞こえる笑い声が可笑しそうなものだったから、昨日できあがったばかりのプロモーション企画書を再チェックしていた澤村もつい口元をゆるめてしまう。初日の顔合わせでベテラン勢に囲まれ、新人である北野がひとり居心地悪そうな顔をしていたことを思い出したからだ。

「まあ仕方ないだろう。あいつは今年入ってきたばかりで、周りは経験者ばかりだからな。そこへきて水嶋なんていう奴がきたら、普通びびって逃げ出したくなるだろ」

「意地悪いですねえ、澤村さんも。僕が入ってきたときもそんな感じで、ちっともにこにこしてくれませんでしたよね」

「男に愛嬌《あいきょう》振りまいて、なんの得があるんだよ」

素っ気なく返し、書類を整えて左端をクリップで留めた。この企画書はすでに水嶋の手にも渡っている。昨晩の九時過ぎに、彼宛《あて》に企画書を添付してメールを送ったところ、ほどなくして内線がかかってきた。そこで直接彼の部屋に出向いて話しあい、二、三点調整し直せばいいと了解を得たことで、企画書は一発で通ったのだった。

もちろん、それを周囲に吹聴するほど澤村も馬鹿ではない。仕事というのは結果がすべてだ。過程においてどんな苦労をしようとも、それが結実しないのなら意味はないと思っている。この一週間、瀬木とみっちり話しあい、過去のデータやさまざまな宣伝論と額をつきあわせただけあって、企画書は大層充実していた。

やりすぎじゃないかと言っていたロケバスでの宣伝にも、水嶋は最終的にOKを出した。彼も結局のところ、目立った形で売り出されるのは嫌ではないのだろう。そう考えると、簡単な奴だと気楽になれた。口では四角四面なことを言っていても、もてはやされれば悪い気はしない。要はそういうことだ。締めるところをきっちり締めておけば、文句を言われるはずもない。

このプロモーションは完璧だ。あの男がつくるソフトにはもったいないぐらいに。

ふと腕時計を見ると、午後六時を回ったばかり。水嶋の歓迎会は七時から始まる。二十分前に店に出向いて準備をしておけば問題ないだろう。机を綺麗に片づけ、澤村は記事校正をしている瀬木に、「なあ」と話しかけた。

「そういやおまえ、このあいだの合コンで引っかけた女はどうだったんだ」

「当然あの晩に食っちゃいました。澤村さんは？」

「俺も。でもよ、おまえが連れてった女は俺が最初に狙ってたんだぜ。後輩なんだからそういうところぐらい遠慮しろよ」

「そういうのは後輩も先輩も関係ありません」

さらさらとペンを動かす瀬木とその後も、どの女がよかっただの、思ったより胸がちいさくて楽しめなかっただの、今度合コンをするなら巨乳がそろっていると有名な会社の広報とようだのと、下品な会話で盛り上がった。

調子のいい後輩を澤村は嫌いではなかった。これぞというひらめきにはやや欠けるが、丁寧な仕事をする。派手なやり方で宣伝する自分とは違って、堅実な方法でのプロモーションを得意としているだけに、双方足りないところを補い、これまでうまくやってきたのだ。いうなれば、ベストパートナーというところだろう。しかも、女好きであるという点もよく似ている。

「そのうち刺されそうですね、とくに澤村さんは。一回寝ただけであっさり捨てるなんてあくどすぎますよ」

「二回も三回もやって恋人かと思わせておきながらさっさと捨てるおまえのほうが、ずっとたちが悪いじゃねえかよ」

「僕は優しいですからねえ。別れようってなかなか言い出せないんですよねえ」

ちっと舌打ちし、澤村は、「つきあう気もねえくせに」と後輩の額を人差し指で弾く。

「ってえ……もうほんとに子どもみたいなんだから」

ぶつくさ言う瀬木を無視して、澤村はもう一度腕時計に目をやり、立ち上がる。

「そろそろ先に店に行って準備しようぜ。今夜のメンバーにも全員来られるかどうか、もう一度確認してくれ」

「了解しました」

額がぽっちりと赤くなっている瀬木が内線をかけているあいだ、澤村は椅子の背にかけてあったジャケットをはおる。

予約していた店は、会社から歩いて十分ほどのところにある落ち着いた趣《おもむき》のダイニングバーだ。水嶋のリクエストどおり、和食を食べさせてくれる店で、旨《うま》い地酒も豊富に用意されている。瀬木や責任者の伊藤に若干増えたチームスタッフ、そして水嶋と自分をあわせて全部で十名だと店側に伝えたら、奥の座敷を貸し切りにしてくれるとのことだった。

男ばかりで色気もくそもない。とりあえず、水嶋の酌は瀬木に押しつけるとして、自分は彼から離れた場所で酒でも呑んでいようと考える澤村だった。

澤村《さわむら》たちが赤いのれんをくぐった十五分後、伊藤《いとう》をはじめとしたチームメンバーがぞろぞろとやってきた。当の水嶋《みずしま》といえばいちばん最後に入ってきて、せっかく上座を用意したにもかかわらず、「いや、俺はここでいいよ」と下座にすとんと腰を下ろす。それでうんざりするのが澤村である。

水嶋を部屋の奥に押し込め、自分は座敷の入り口近くで瀬木《せぎ》と差しつ差されつのんびりやるかと考えていたのが、これでパーになった。すぐ隣に座る水嶋となにを話せばいいというのか。まあ、向かいには瀬木もいるし、水嶋の奥にはサブプログラマーの木内《きうち》がいる。適当にお世辞でも言っておけばなんとかなるだろう。

「もうみんな、水嶋メソッドには慣れたか？」

全員のグラスにビールが注がれたのを見て、カラフルなストライプシャツを着た伊藤がにこやかな顔で周囲を見渡す。

「北野《きたの》は水嶋さんにどやされて、早くもへこんだらしいな。まだまだ序盤なんだからめげずに頑張れよ」

そう言ったあと、伊藤に目顔でうながされて、水嶋がグラスを手にする。

「俺はどうも言い方がまずいから……言葉が足りなくて悪いと思ってる。そのへんで、みんなにいらない気苦労をかけているかもしれないな。でも、俺はここでいい仕事がしたいんだ。ここにいる全員と一緒に、おもしろいゲームをつくりたいと思ってる」

こころもち視線を落としている男は、最初に受けた印象よりもだいぶ穏やかな雰囲気だ。それに、彼の言葉はとても真摯《しんし》なもので、偽りというものが感じられなかった。そのことに、同じ作り手として、スタッフたちも共鳴できたのだろう。一拍置いてから、温かい拍手が湧《わ》き起こる。

照れくさそうに頭をかく北野に水嶋が気さくな感じでグラスを掲げ、目配せしている。気にしないでくれ、ということなのだろうか。なんのかんの言ったところで水嶋の吸引力は強いらしく、スタッフの信頼をじょじょに勝ち得ているらしい。

「今後一年間よろしく頼みますよ、水嶋さん。それでは乾杯！」

「乾杯！」

かちん、と周囲とグラスを触れあわせて振り向いてきた水嶋と、澤村も形式的にグラスを軽く傾けた。どうやら今夜の水嶋は機嫌がいいようだ。服装も初日こそはつけいる隙《すき》のないスーツで決めていたが、実作業に入ってからはボタンダウンのシャツとチノクロスパンツというラフなスタイルが多かった。

「水嶋さん、どうですか。シナリオは進んでますか？」

如才ない瀬木が酌をしながら訊《たず》ねる。

「ああ、それなりに。きみは澤村のサブで頑張ってくれている瀬木だよな。丁寧なプロモ案をありがとう。とても見やすくて助かった」

「え、いいえ……、そんな。僕は澤村さんの指示に従ってるだけですから……」

「過去のソフトの販売実績をわかりやすくグラフ化したやつ、あれは瀬木がつくってくれたんだろう？　澤村の派手な案をきっちり押さえてくれているし、いいコンビだよな、きみたちは」

突然の誉め言葉に、瀬木は驚いた顔をしつつも嬉《うれ》しげに口元をほころばせている。それも無理はないだろう。広報のチーフとして表に出るのは澤村で、瀬木は裏方であることを自覚しているからだ。水嶋とも直接顔をあわせる機会が少ないだけに、きちんと見てくれていることがわかる言葉はやはり嬉しいものなのだろう。

澤村だって驚いていた。瀬木とふたりで作成したプロモ案に、「図案制作者・瀬木」とか、「原案・澤村」とわざわざ署名を入れたわけではない。共同作業だから部署名しか入れていないのに、瀬木と自分の性格の違いを見抜くとは。しかも、たった一週間で。

「俺の考える案は派手ですか」

卓に肘《ひじ》をついて身を乗り出すと、水嶋が振り返る。その顔にどことなく、堅苦しさを感じるのは気のせいだろうか。

「よく言えば、な。悪く言うと……」

「なんですか」

「おおざっぱかな、少し。……よくも悪くも、見たままのおまえらしい案だと思う」

勢いよくビールをあおった水嶋はそれだけ言って顔をそむけた。

誉め言葉とも嫌味とも受け取れる水嶋の台詞《せりふ》をひねくり回し、澤村は首を傾《かし》げる。ふと気づいてみれば、いつの間にか、「きみ」から「おまえ」と呼び方が変わっていたが、そのことが嫌な気分を加速させる火種にはならなかった。毎日顔をあわせているから、そのぐらいの変化は当然といえば当然である。

「おおざっぱに見えても澤村先輩は女性にもてるんですよ。このあいだの合コンだってね……」

早くもうち解けた瀬木が披露する、酒の席ならではの猥談《わいだん》に水嶋は笑い、適度に相づちを打っている。

澤村は無意識のうちに整った横顔をじっと見つめ、先ほど自分に向けられた硬い表情をそこに重ねていた。

いま、彼は瀬木に笑顔を見せている。自分には無表情だったくせに。目もあわせなかったくせに。

この男と自分のあいだにだけ、透明なバリアが張られている。なぜだろう。あんなに手際よく企画書をつくってやったのだから、もっと感謝してもいいじゃないかと思う。

まだ泡の消えていないビールを一息に呑み干し、他の奴らと言葉を交わしている水嶋を観察し続けた。

コミュニケーションもろくにできない奴だと思っていたのに、少しばかり勝手が違うようだ。瀬木も北野も、他のスタッフたちもなにかにつけて水嶋に話しかけ、競うように酌をしている。

高名なクリエイターはこっちの予想を大きくはずし、スタッフたちとの絆《きずな》を着々と築いている。そして、澤村には相変わらず無愛想な反応しかしない。

このなかで敬遠されているのは自分だけのようだ。それを軽く受け流すべきか、腹立たしいと考えるべきか天秤《てんびん》にかけたのち、澤村は前者を選んだ。

つまり、俺の力を認めたということだろう。最初は見くびられていたかもしれないが、単なる一広報にパーフェクトな仕事ぶりを見せつけられ、黙ることを選んだに違いない。

賢明な考えだ、と澤村は手酌でビールを口にする。舌を刺す苦みがことさら心地よく感じられた。

この業界でトップに躍り出た男は、同位置に立つ奴の力を素直に認めることができず、忸怩《じくじ》たる態度しか取れない。そういうことだ。どうせ自分のことも、ナイトシステムという会社の歯車のひとつとして考えていたのだろう。たとえ、風の噂《うわさ》に有能な広報だと聞いていたとしても、実際にその才能を目にするまでは信じていなかったに違いない。

さっき見た顔は、悔しげではなかっただろうか。平静さを努めようとしても、どこかにほころびがなかっただろうか。思い返しているうちに、愉快な気分がますます強まってきて、澤村はいつのまにか口元に軽い笑みを刻んでいた。

ただ、ちょっとつまらないと思ったのは、ここに居合わせる誰からも水嶋に対して不満が出ないことだ。澤村の考えていたところでは、歓迎会とは名ばかり、移籍したてのクリエイターにスタッフから嫌味のひとつでも出るかと楽しみにしていたのだ。なのに、予想を覆して、場は和気藹々《わきあいあい》としたムードに満ちている。仕事の厳しさに不満が出たとしても、「水嶋さんのやり方、勉強になりますよ」「ホントホント、水嶋メソッドは厳しいって聞いてたからどんなものかと思ってたけど、冗談なしに俺らボコられてますもんね。気合い入りますよ」などと冗談交じりの声ばかりだ。

誰も彼もが水嶋の名前に惹《ひ》かれたのか。斜な視線で室内を眺め回し、煙草《たばこ》に火を点《つ》ける。吐き出した紫煙の向こうに、職場を離れてフランクに語りあう面々が見える。どれも楽しげに笑っている――と思ったら、水嶋の隣に座るサブプログラマーの木内が陰湿な視線で彼を追っているのが見えた。

チーフプログラマーの要請でスタッフ入りした年上の木内のことを、澤村はさほど知らなかった。確か、水嶋と同じ年齢ではなかっただろうか。三十一歳といえば、現場スタッフとしては古参の部類に入る。プレスの効いたシャツを着こなす洒脱《しゃだつ》な印象のあるトップクリエイターと、無精髭《ぶしょうひげ》を生やし、襟ぐりの伸びたTシャツをだらしなく着た木内とでは対照的だ。もとを正せばこの業界、木内のような奴のほうが絶対的に多いのだが、それでも彼のある種恨みがましい目つきはいささか気になる。

同じ年齢で、かたや誰もが知るクリエイター、かたや補佐的な立場にあるプログラマーとなると、妬《ねた》ましい気分になるのだろうか。男同士で抱く嫉妬《しっと》は根が深いだけに、そういう可能性もあるのかもしれない。

絡みたきゃ勝手に絡んどけ。澤村は粘ついた目から視線をそらした。

悪酔いした木内が水嶋に絡み出したのは、宴会が始まって一時間ほど経った頃だ。最近、赤ん坊が産まれたばかりなんだと相好を崩す責任者の伊藤が途中で退席したのを待っていたかのように、木内は熱燗《あつかん》を片手にいきなり切り込んできた。

「……おまえさァ、外から突然やってきたわりには根性据わってるよな。水嶋メソッドなんて突きつけてきてどういうつもりだよ」

「どういうつもり？」

　ほんのり目縁を赤くしている水嶋は機嫌を悪くしたふうでもなく、首を傾げている。

「どういうつもりって、それは俺のほうが聞きたいな。木内にはあわないか」

「あうわけねえだろ。毎日朝っぱらから呼び出される身にもなれよ。この時期は普通、俺らが出る場面じゃねえだろう」

「木内はそう思うのか。……おまえも変わってないな」

　ぼそぼそと小声で交わされる会話に、すでに酔いの回っている他の者が気づく様子はない。しかし、近くに座っていた澤村はたいして酒も入ってなかったし、彼らの言葉に隠された微妙な関係を嗅《か》ぎ取っていた。

　彼らは以前からの知り合いなのだろう。木内の遠慮のない言葉も、水嶋の落ち着いた態度も、古くからのつきあいがあることを示している。おまけに、抜き差しならない確執まであるらしいとくれば、盗み聞きのひとつやふたつ、したくなってくる。

「木内は前からそうだったよな。融通が利かない」

「融通？　笑わせるんじゃねえよ。お偉いおまえと足並みをそろえなきゃいけないことが融通を利かせるってことなら、俺はごめんだぜ。どんな案を出したところで、結局世に出るのはてめえの名前だけじゃないかよ」

「そうじゃない、俺は……スタッフとの信頼関係を大事にしたいと思っているだけだ。自分ひとりで作品をつくっているわけじゃないのは、木内だってよくわかっているだろう。俺にだって限界がある。足りないところはいくらでもある。スタッフと話しあうのは俺の足りない部分を埋めてみんなと意見のすりあわせをしたいためだし、ソフト自体の枠組みをしっかりさせたいだけだ。名前が売れるとかどうだとかっていうのは別次元の問題だろう」

低い囁《ささや》き声に聞き耳をたてていた澤村は、天井に向かって煙のわっかを噴き上げる。綺麗事《きれいごと》を言いやがって、と思う。だけど、真っ向から嘲笑《ちょうしょう》する気にもなれなかった。水嶋の言っていることにも、いくらかは頷《うなず》ける面があるからだ。

この業界にかぎらず、自分だけが晴れ舞台に躍り出るんだと息巻く者は多いが、彼らのうち、どれぐらいの者が嘘偽りなく自力でやり抜いているのだろうか。たぶん、数えるほどしかいないはずだ。一個人にできることはかぎられている。それを恥じる必要はなく、周囲で支える人間がいることを忘れなければいいだけだと澤村は常々考えていた。歯車のひとつであることを認めたがらない奴との仕事は、たいていの場合において暗礁に乗り上げる。

水嶋もそうなんじゃないかと疑っていた矢先だったからこそ、いま聞いた言葉は意外だった。

どちらかというと、木内のほうが歯車であることを蔑《さげす》んでいるようだ。

「なんにしても、これが会社の命令じゃなきゃ俺はおまえの尻《しり》ぬぐいなんかやりたくねえよ。どうせ俺らは使い捨てだからな……。水嶋、おまえだってここに長く居座るわけじゃねえんだろ？　ちょいちょいとつくったソフトが売れりゃ、それこそ自分で会社を興せそうだよな。三十超えてもサブの立場の俺とは違って、おまえは引く手あまた。羨《うらや》ましいぜホント、名前が売れてるってのはよ。なあ、どうなんだ、女だって好き放題やってんだろ？」

悪酔いするたちらしい木内の下卑《げび》た笑い声は、聞くに堪えられないものだ。言い返せば火に油を注ぐ結果になると踏んだのか、水嶋は口をつぐんでいる。

手酌で注いだ酒をぐいと呑み干した根性の悪い男が、いよいよ本腰を据えて絡み出そうとするのを察して、澤村は黙って立ち上がり、部屋を出た。

騒がしさを仕切る引き戸を閉めてすぐそばのトイレに駆け込み、ジャケットの胸ポケットから携帯を取り出した。水嶋のナンバーは、彼と初めて顔をあわせた日にすでに記憶させてある。それを呼び出して少し待つと、大勢のひとが喋《しゃべ》り散らす声に混じって、『はい』という低い声が響く。

「俺です、澤村です」

『……なんだ、どうしたんだ？　おまえ、いまどこにいるんだ』

「いいから、そのまま仕事の電話のふりして出てきてくださいよ」

困惑気味の声はしばし口ごもったあと、『わかった、ちょっと待て』と言い、受話部を手のひらで押さえるやわらかな音が続く。かすかに、『悪い、急用が入った』と聞こえてくるのは、隣でくだを巻いている男に伝えているのだろう。それから引き戸を開ける音、閉める音。そこまで聞き届けて、澤村はトイレから走り出た。

皆がいる部屋から少し離れたところに、所在なげな顔をした水嶋が立っている。

「わざわざ電話なんかかけてきて、なんの用だ」

「なに言ってんですか、あんた木内さんに絡まれてたじゃないですか。だから俺が機転を利かして呼び出したんですよ」

あの面倒な場からわざわざ助け出してやったのに、ちっともありがたみを感じてないふうの声に、うっかり上司である水嶋を「あんた」呼ばわりしてしまった。だが、本人は気にしているふうでもない。「ああ、そうか、……悪かった。助かったよ」と呟き、頭をかいている。次いで、さも眠そうにほわりとひとつ欠伸《あくび》をした。切れ長の目をこすっているのが端正な容姿とはちぐはぐな感じで笑いを誘う。

「今日はこのまま帰ったらどうですか。荷物はなにも持ってきてないんでしょう。俺があとは引き取りますよ」

「いや、それだと……木内がうるさい」

口早に言ったあと、気まずそうに視線を落とす水嶋に興味を覚えて、澤村は「あのひとと前からの知り合いなんですか」と訊ねてみた。

「結構親しそうでしたよね。変わってないな、とか言ってたし」

「聞いてたのか」

「まあ隣に座ってたんですから、それとなく。あの口ぶりじゃ、学生時代からの知り合いとか？　前に会社が同じだったとか」

「澤村は噂好きなのか」

ちらりと投げかけられた視線が咎《とが》めるようなものだったら腹をたてていたかもしれないが、水嶋の態度は淡々としたものだった。

「恨みでも買われてるんですか」

「別にそういうわけじゃない。ただあっちが勝手に嚙《か》みついているだけだ」

「勝手にねえ。ふうん……ほんとうになにもしてないんですか？　木内さんの粘着っぷりを見たら、なにかありそうなもんですけどね」

「しつこいな。なにもないって言ったらないんだ。大学の頃から性格があわないんだよ、あいつとは」

あれこれと突っ込まれて苛立《いらだ》ってきたらしい男に対して、澤村は「まあまあ、そう怒らないでくださいよ」とさらりとかわす。

「木内さんが嫉妬するのも無理ないでしょうね。水嶋さんが売れっ子なのはほんとうだし」

「おまえまでそう言うのか。……わからないな、名前が売れるのはそんなに大事なことか？」

「プロモーションを生業としている俺にそんなことを言うほうが間違ってると思いませんか？俺はこれから水嶋作品を売り出す立場にあるんですが」

質問に質問で切り返すと、水嶋はあやふやな顔で「そうだな」と頷く。

天井からこぼれる、和紙で覆われた白熱灯が彼のシャープな頬《ほお》に薄い影を落としている。この顔なら木内の言うとおり、女と好き放題できるだろうなと考えていたのが顔に出ていたらしい。「なにを笑ってるんだ」といぶかしげに訊かれ、「いや、なんでもないですよ」と頭を振った。

「……おまえの言うとおり、このまま帰るよ。あとは頼む」

言うやいなや背中を向けて歩き出した水嶋の背中を見送る澤村は、ちょっとだけ笑っていた。窮地を救ってやったというにはあまりに他愛ないことだったけれど、確実に点数は稼いだと思う。

水嶋の学生時代とは、どんなものだったのだろう。コミュニケーションが不完全なのは、昔から変わらなかったに違いない。他人と距離を置き、自分がつくり出す世界観だけに没頭しているような男と親しくなりたいと思う奴は、そう多くないはずだ。作品がどんなに素晴らしかったとしても、当人までがそうかと言ったら違う。

クリエイターには二種いて、喋り好きで社交派なタイプと、周囲とのつきあいはそれなりにこなすものの、ふと気づけば黙々とひとりで仕事を進めているタイプ。当然、水嶋は後者だと思う。スタッフと話しあうものの、それをもっと深いところまで掘り下げようとは考えていない。

結局のところ、ひと嫌いなのだろう。他人に対する感情が希薄で、自分の内に広がる世界と顔をつきあわせることのほうが楽しいのだ。

だからあんなふうに無愛想な顔をするのだと、澤村は自分のことを棚にあげて考えていた。

「それじゃ澤村さん、僕はお先に失礼しますね。北野くんからあがってきたキャライラストはメールで転送しておきましたから」

「お疲れ。今日はどこかに寄ってくのか？」

瀬木からまわってきたメールを開きながら訊ねると、当の後輩は、「もちろんですよ。いい店見つけちゃったんですよねえ」と含み笑いをしている。

「今度一緒に行きましょうよ。ホンモノの名門女子大生がそろってるキャバクラが六本木《ろっぽんぎ》にオープンしたんですよ」

「ああ、あれか。ありゃ嘘だろ。名門女子大生なんてどうせハッタリだって」

「いいじゃないですか、可愛くて若けりゃ問題なし」

腰の軽い瀬木はいそいそとした調子で背広をはおり、「じゃ、また明日」と笑顔で立ち去っていく。

残された澤村は、あがってきたばかりのキャラクターデザインと、簡単に着色した世界観のラフを机に並べて、雑誌向けの仕様書をどうつくるか考えあぐねていた。

歓迎会の晩のことがそれ以後の水嶋を変えたかと言ったら、さすがにそう簡単にはいかなかった。依然として仕事には厳しく、スタッフたちとの話しあいも数を重ね、ときには喧嘩腰の議論に展開することも少なくなかった。しかし、それは結果的にチームをよい方向へと導く手助けをしており、開発スタート直後は文句を言っていたスタッフたちのあいだにも、ほどよい緊張感と期待が満ちている。

これまでのナイトシステムには、水嶋のようなディレクターがいなかった。

表面的にはクールな顔をしながらも、彼は自分の手がける作品にとことん情熱を傾ける。誰よりも早く会社に来て、誰よりも遅く帰宅するトップクリエイターは仕事のことなら睡眠時間や食事を削るのも惜しくないらしく、日に日にうずたかく積み上がるシナリオのチェックに余念がなかった。

まだ十人ほどのチームだけれど、時間が経つに従って参加人数は増えていき、最終的にはサンプル版のチェックのために六十人から八十人ぐらいまでふくれあがるだろう。そして、彼らももれなく水嶋の丁寧《ていねい》な作業にある種の尊敬の念を抱くに違いない。噂に違わぬ男だと賞賛するはずだ。

その輪をはずれていたのは当然ながら木内と、そして澤村だ。ただし、澤村は木内のようになにがしかの恨みを持っているからというわけではなく、あえて接近することを避け、少し離れた場所から水嶋のやることを眺めていた。率先して彼の歓心を買うつもりはない。

見れば見るほど、水嶋弘貴《ひろき》というのはおもしろい歪《ゆが》みを抱えている男だ。なにもないところからものを生み出す人間は、どこかしら常識を逸脱しているものなのだろうか。

澤村はよほどのことがないかぎり、会社に泊まり込むことはしなかった。いくら仕事が好きでも、まだ開発序盤の時期で徹夜仕事をする気にはなれない。たいてい七時、八時には切り上げて、呑みに行くことにしている。それも水嶋たちのような制作とは違い、広報という、作品とは間接的な位置にいるからできることだろうけれど、なにも自分のプライベートを潰《つぶ》してまで仕事することもないと考えていた。水嶋に対抗して言うならば、やるべきことは就業時間内にきっちり仕上げるのがモットーだ。いたずらにだらだらと時間をかけて作業したところで、いいものができるとはかぎらない。

そういう意味では、絶対に納期を守ると宣言した水嶋と気があうかもしれないが、澤村は馴れあうことを拒んだ。宣伝する立場としては、現場と適度な距離を置いていたほうがいいと思っている。熱狂的にのめり込んでしまっては、セールスポイントを冷静に見極められなくなる恐れがあるからだ。ものごとにはかならずメリットとデメリットがあり、水嶋作品に対してもそれは同じことが言える。

彼が手がけた作品として、このソフトは確実に売れるだろう。だけど、それも宣伝しだいだ。いままでの水嶋作品とは違うムードを持っているだけに一歩間違えれば大失敗、あっというまにつまらないという評判が出回ってしまう。

これまでの作品同様、豪華なグラフィックと先鋭的なシステムがウリであれば、そこをとにかく強くプッシュすればいいだけの話だが、今回の作品はかなり通好みのテイストだ。澤村が最初に抱いた感想どおり、地味な味わいがウリだとするならどう宣伝するのがいいのだろう。

制作が始まってすでに二か月が経ち、早々に雑誌からの取材が飛び込んできていた。水嶋のナイトシステム移籍後の第一弾として、このソフトにはメディアのみならず、多くのゲームユーザーが注目している。

グラフィックの北野が描いた絵は、どれも淡い色彩でまとめられている。CGグラフィックでありながらも、従来の金属的で温かみのない塗りではなく、最近よく採り入れられているトゥーンシェイドという手法を用いている。陰影を調節し、アニメーションのようにマットな質感で表示させることで、北野の描いたキャラクターは温かみある世界観をつくり出すことに成功していた。音楽ができあがってくるのはまだ先だが、この絵にあわせるなら、ありがちなシンセサイザー音ではなく、やわらかい音色の木管楽器が似合いそうだ。

主人公らしき少年がオカリナを手にしているのを見て、澤村はかたわらに置いたレポートパッドに「ソフト発売にあわせてオカリナをプレゼントする?」と書き込んだ。

今朝のミーティングを終えたあとからずっと取りかかっている仕様書づくりは、夜の十一時を回ってもまだ終わらなかった。いつもは早めに帰っていても、今夜ばかりは残業をして、この仕様書を仕上げなければならない。明日の夕方には水嶋に提出すると約束しているからだ。

水嶋がつくろうとしているゲームは、ジャンルでいえば育成シミュレーションだ。ひとつのちいさな村を舞台にして、主人公の少年はこれまたちいさな家を構える。そこで起こるできごとは他愛ないものばかりで、毎日村人と話したり、釣りをしたり、料理をしたり。たまには、遠くの海や山に出かけていくことも可能だ。山や海で採った食べものを売ればお金になり、それを貯めて服を買ったり、家を大きくしたりする。村人に手紙を書くこともできれば、贈り物をすることもできる。

つまり、現実の世界をミニチュア化し、のんびりした空間でコミュニケーションを楽しもうというコンセプトらしいのだが、澤村には刺激が少なすぎて、これっぽっちもおもしろいとは思えなかった。

滅亡の危機に差しかかっている世界を救うための戦いがあるわけじゃなし、これといったエンディングがあるわけでもない。なにが楽しいのか、さっぱりわからない。

村での生活に期限はなく、好きなだけ続けられるのだが、こんなぬるま湯のようなゲームを、誰が延々と遊びたいと思うのだろう。プレイヤーは皆、ひとつのエンディングに向かってゲームを進めていくものだ。それが、いつまでも遊べるとなったら飽きるんじゃないだろうか。

この作品は、ひとつの終結に向かって走り抜ける一本道な物語ではなく、ユーザーそれぞれが自分なりの遊び方を見つけることができる。自由度が高いと言えば聞こえはいいけれど、それでとまどうひとびとも少なくないはずである。日本人ユーザーはとかく、筋道がかっちりと決まった物語を好む傾向にある。最初からいろいろなことができすぎると、なにをしていいか困ってしまう人間のほうが多いのだ。

なんでもいいから、お約束のようにエンディングをつくっておきゃいいのにと内心なじりながら、データ化されたグラフィックをもう一度眺めた。

隣席の瀬木も帰ったとなったいま、部署内は自分だけだ。パソコンのハードディスクが静かに回転する音を聞きながらコーヒーを飲み飲み、灰皿に吸い殻を積み上げて作業を続けた。

雑誌用の仕様書として最初に出すのは、キャラクターデザインと村のデザイン画、それとゲームの概要を記したものだ。

村人と会話するのがメインとも言える作品だけに、水嶋が書くシナリオは膨大な量になるに違いない。もちろん、彼ひとりが書くには量的に無理があるから、近々社内のシナリオライターが数人、チームに加わることになっている。

いま澤村の手元にはデザイン画と一緒に、水嶋自身が書いたシナリオの一部がある。あらためて読み返すと、可愛らしくも訥々《とつとつ》とした台詞《せりふ》の数々に噴き出してしまう。これをほんとうに、あの無表情男が書いたのだろうか。

「……今日のご飯はなに？　おさかなとやさいの煮付けがあるよ。食べてくかい。うん、お腹空いた……ってなんだこりゃ、バカバカしい」

村の食堂で交わされるらしい会話を仕様書に打ち込みながら、澤村は鼻を鳴らして笑う。

あまりにもまったりとした世界観だ。実際にサンプル版をプレイすることになったら、居眠りしてしまうんじゃないだろうか。

八割方できあがった仕様書をざっと読み直し、腕時計に視線を落とすと、すでに十二時近くになっている。今夜のところはこれで終了するとして、細かなチェックは明日、水嶋に渡すまでにやればいい。

念のため、プリントアウトした書類を鞄《かばん》に突っ込み、澤村は白っぽいアークライトが煌々《こうこう》と照らす部屋をあとにした。

下から昇ってくるエレベーターを待つあいだ、五十六階にいる水嶋たちはまだ仕事しているのだろうかと考える。昨日見かけたとき、彼の目の下の隈《くま》が濃くなっていたことをなんの気なしに思い出したと同時に、エレベーターの扉がゆっくりと開いた。

水嶋とは、仕事以外のことで話すことがめったにない。最初こそ激烈な口調で叱《しか》り飛ばしてきたが、その後は澤村の腕を認めたのか、あまりうるさいことを言わなくなった。

視線をそらすのはいつもあっちだし、会話を打ち切るのだって水嶋のほうが先だ。それを冷淡な、あるいは卑屈な態度だと嘲笑《あざわら》う気持ちもどこかにあるけれど、いい加減他の奴らと同じような扱いにしてくれたっていいんじゃないかと思うこともある。いちいち引っかかるような目つきをするから、こっちだって気が休まる暇がない。またぞろ凡ミスを犯してやかましいことを言われたらかなわないから、対応には相当気を遣っているつもりだ。なのに、一向に態度が改善される気配はない。

なんの不満があるっていうんだ、あいつは。

澤村はちいさな四角い部屋の壁にもたれ、気になるといえば気になる、だが目障りだといえばそうともいえる男を頭からさっさと追い出し、ここしばらくやってないから溜まってるよなとどうでもいいことに思いめぐらせ、結局いつものクラブに寄って帰ることにした。


だが、初日の遅刻に続いて手痛いミスはその翌日にやってきた。

「マジかよ……」

茫然《ぼうぜん》と呟きながら、澤村は青ざめた。チームスタッフがおのおのの予定を書き込むホワイトボードには、ただひとり水嶋のところにだけ「夕方出」と書かれている。

うっかりすぎるにもほどがあるが、今日の昼過ぎに雑誌の取材が入っていることを伝え忘れていた。取材陣が来るのは、午後一時で、いまはもう十一時を回っている。またもや凡ミス、広報としてはあり得ない失態だ。

水嶋の仕事に関わって以来、こうもつまらない失敗ばかり続くと、なにもかもあいつのせいだと本気で八つ当たりしたくなってくる。

なぜ昨日、帰宅する前にスケジュールをチェックしなかったのだろう。澤村は二日酔いが抜けない頭でふらふらと机に戻り、頭を抱え込んで唸《うな》った。

すでに出社していたスタッフに聞いてみれば、水嶋は今朝方帰ったらしい。

いまから電話すれば、ぎりぎり間に合う。彼が住んでいるのは目黒《めぐろ》区の自由《じゆう》が丘《おか》で、ここ赤《あか》坂《さか》にある会社までは、電車に乗って三十分強というところだ。いますぐに家を出てもらって十二時に到着してくれれば、簡単な打ち合わせができる。だが、以前よりも印象を悪くするのは免れられない。かといって、取材そのものを断るわけにもいかない。今日来るのは、数多くあるゲーム雑誌のなかでも最大手の週刊誌である。彼らのところに、他の出版社よりも早く情報を渡すと約束したのは澤村自身だ。

悩んでいる場合ではない。あとでどやされようが、散々な目に遭わされようが、ともかく水嶋に来てもらわねば。

受話器を取り上げ、焦れる指先で彼の携帯電話の番号を押す。三回、四回と呼び出し音が続き、もしかして熟睡しているのだろうか、起きないかもしれないと顔をしかめたとき、ブツリと音がした。

『水嶋です……』

機嫌の悪そうな声に、さしもの澤村も臆してしまう。二度三度ごくりと唾《つば》を飲み込み、「すみません、朝早くから。プロモーションの澤村です」と切り出した。

「ほんとうにすみません。俺が予定を入れていたこと、うっかり忘れてました。ほんとうに申し訳ありません」

『……なに、言ってるんだ……？』

気が急くあまり謝罪ばかり口にする澤村の耳に、ごそごそとなにやらこすれる音が聞こえてくる。毛布をかぶりなおしているのかもしれなかった。ひどく眠そうな声に、ここで話しているうちに眠られたらたまったもんじゃないと、澤村は「いますぐ社にいらしてください」と大声でまくしたてた。

「取材が入っているのを伝え忘れていました。午後一時から週刊ワンダー編集部が来るんですよ。頼みますから、早く来てください」

『……取材』

「そうです。澤村さん自身のコメントを出すと俺が約束したんですよ。だから早くお願いします。謝罪はあとでいくらでもしますから」

『おまえなあ……こっちが何時に帰ったと思ってるんだよ……つい三時間前だぞ』

「わかってますって、だからそこをなんとか頼むって言ってるでしょう。ワンダーで第一報を出すってのは絶対にはずせないんですよ。その号じゃ巻頭特集も組まれてるし、表紙だって北野のグラフィックを使ってもらうことになってるんですから――、ああもういいから早く起きて支度してくださいよ！」

こんなに焦ったことは、過去一度としてなかった。自分でもめちゃくちゃなことを言っているのはよくわかっている。だが、慌てずにいられるか。この一報を逃すことはできない。巻頭特集を組んでもらうのはもちろんのこと、表紙に水嶋作品を使ってもらうために、ワンダーには相当前から頼み込んでいたのだ。

逆ギレした澤村に恐れをなしたのか、それとも呆《あき》れ果てたのか知らないが、水嶋は、「わかった。十二時前には着くようにする。……あとで覚えとけよ」と不機嫌な声で言って電話を切った。

ツー、ツー、と単調な音を繰り返す受話器を見つめて、澤村はほっと一息つく暇もなく、まなじりを決してパソコンに向き直った。

つくりかけのままになっている仕様書を書き上げ、水嶋が出社したら早急にチェックしてもらう必要がある。ワンダー編集部が来社したら書類を渡す約束もしているのだ。それから、現段階での規制範囲についても話しあわなければならない。開発中の製品の情報を雑誌に出す場合、どんな内容でどれだけ開発が進んでいるか、すべてを話すことはタブーとされている。それにはもちろん、ユーザーの期待をあおる意味もあるし、他社に真似《まね》されないためのけん制の意味も含んでいる。

今回ワンダーに出すのは、北野のグラフィックとゲームの簡単な概略ぐらいのものだが、そこに水嶋自身のコメントが加われば、とおり一遍の紹介記事よりもぐっと重みが増すはずだ。ナイトシステムにおける初の水嶋作品ということで、ユーザーやメディアが寄せる期待を裏切ることはできない。

澤村が必死の形相で仕様書を書いているあいだに、瀬木が出勤してきた。

「なに慌ててるんですか」と声をかけられたが、いつものようにのんびりと答えている余裕はない。仕上がったばかりの仕様書をプリントアウトして瀬木に押しつけた。

「これをとりあえず十部コピーしろ。それから開発に行って、北野にいまできあがっているぶんだけのグラフィックを確認させて、社内サーバにあげてくれと伝えてくれ」

シャツの袖を肘の上までまくりあげる澤村の迫力にただごとじゃないと悟ったか、瀬木はなにも言わずに頷き、コピー機に向かって駆けていく。

約束の時間まで、あと一時間半。時間に遅れることを嫌う水嶋のことだから、絶対に間に合わせるはずだ。

頼むから間に合ってくれ。万が一遅れたとしても十分前後にしてくれ。

なんとも手前勝手なことを祈りながら奥歯を嚙み締めつつ、瀬木が取ってきてくれたコピーをホチキスで留め、北野からあがってきたグラフィックをMOディスクに落とす。

打ち合わせに要する時間は三十分。いや、四十分は見たほうがいいかもしれない。仕様書を見てもらい、修正するための時間も考慮しておかなければ。

十枚ある高解像度のグラフィックをすべてMOにコピーしているあいだ、内線が鳴った。弾かれたように受話器を取り上げると、世にも無愛想な声が『着いた』とだけ言ってガシャンと切れた。

澤村は書類をそろえて立ち上がり、隣席の後輩を振り向いた。

「MOのコピーが終わったら上まで持ってきてくれないか。俺は打ち合わせをしてくるから」

「わかりました。あ、それと取材用にB会議室を押さえておきましたから」

「悪いな。あとで礼をするよ」

「楽しみにしてます」

気の利く瀬木の肩を軽く叩き、澤村は部屋を駆け出した。

水嶋の部屋から大人数の取材陣を送り出したあと、とたんに彼の顔が強張った。

「澤村。ちょっとそこに座れ」と低い声で一喝され、澤村は深々とため息をついてソファに腰を下ろす。

取材中の笑顔が嘘だったみたいに、目の前に座る水嶋の顔は険悪なものだ。それも無理はないだろう。ここに十二時過ぎに着くや否や、どこまで情報を規制するかという打ち合わせをしてから、矢継ぎ早に仕様書にも目を通さなければならなかったのだ。さらには、ワンダー編集部の編集長みずから顔を見せた総勢七人もの取材陣を相手に二時間喋り、その様子を何枚もカメラで撮られた。

過去何度も取材を受けてきた水嶋でも、やはり気を遣うものなのだろう。二時間も話し続けたあととあって、ソファにもたれてぐったりとしている。

一方、澤村といえば、正真正銘、神妙な面持ちで水嶋の言葉を待っていた。今回こそは分が悪い。宣伝を担う立場として、取材日程を伝え忘れるなど言語道断である。

なにも言わない水嶋を見やると、ソファの縁に頭をのけぞらせている男の喉《のど》が視界に入る。喉仏がさほど目立たない。案外綺麗な首をしているんだなとこの場にそぐわないことを考え、視線を下にずらす。

襟の先までぴしりとプレスの効いたシャツは濃紺で、それを引き立てるオレンジ色のネクタイが鮮やかだ。彫りが深いと言われる自分の顔立ちとはまた違う魅力のある水嶋は、癖の強い色合いもしっくりと着こなしている。慌ててやってきたわりには、被写体になることを自覚しているきちんとした服装だ。

あらためて見ても、同性ながらいい男だと思う。クリエイターらしい神経質な面も、こうして黙っていれば聡明な印象として映るし、いかにも頭が切れそうだ。

眉間の縦皺がぴくりと動き、うっすらと瞼《まぶた》が開いて澤村を睨《にら》みつけてくる。

「……なにか言うことは」

「ほんとうにすみませんでした。すべて俺のミスです。申し訳ありません」

険のある声に、間髪入れずに頭を下げた。

プロモーションという立場にあり、彼が時間にうるさいことを知っていてなお、予定を伝え忘れた自分が悪いのだ。口汚く罵《ののし》られても当然である。

初日の最悪な出会いから考えてみて、プロモーションを下りろと言われても文句は言えない。これで社内評価もガタ落ち、来期のボーナスも一気に下がりそうだと腹をくくったが、水嶋は仏頂面《ぶっちょうづら》をしているだけだ。

「……あの、ほんとうに……」

「もういい。取材も無事終わったんだし、今回のことは水に流してやる」

「は……」

こてんぱんに説教されるかと思ったのに。案に相違した返答に、拍子抜けしてしまう。

水に流すなんて、なにかの冗談じゃないか。一度は安心させておいて、ガツンと殴りつけてくるつもりじゃなかろうか。疑わしい気分が晴れないまま水嶋を見つめていると、「ひとの顔をじろじろ見るな」とぶっきらぼうに突っ返された。

「ただし、ほんとうに今回かぎりだからな。次にやったら」

「いえ、もう二度とやりません。それは約束します」

「ならいい。……あの仕様書がよくできてたから、今回は大目に見てるだけだ」

ソファにふんぞり返る水嶋は苦虫を嚙み潰したような顔だ。それがどこか不本意なものに感じられると言ったら、自分の目がおかしいのかもしれない。この場合、こっちが悔しさを感じるはずなのに、相手のほうが余裕のない顔をしているように見えた。

それがどうしてなのか理由が摑めないまま、澤村は、「あの、もしよかったら」と身を乗り出した。

この先、まだ十か月近く彼と仕事を組む以上、できるかぎり関係を改善させておいたほうがいい。水嶋の新作がパッとしないという感情は拭《ぬぐ》いきれなかったが、今回のことにかぎってはしっかり詫《わ》びを入れておかねばと思う。表面上は穏便にすみそうでも、根に持たれたらたまらない。

「よかったら今晩、呑みに行きませんか。俺に今日の詫びをさせてください」

「おまえが？」

胡乱《うろん》そうな目を向けられたが、澤村は努めて笑顔をつくり、「ぜひ」と重ねた。

「このあいだの店とは別に、水嶋さんが好きそうな和食の店があるんですよ。いい酒も置いているし、料理も旨いです。そこで仲直りというのはどうですか」

「仲直りって、おまえな」

謝罪を含めて、もてなす立場にしては偉そうな態度に、水嶋は目を丸くしている。

仲直りという子どもっぽい言葉がよけいにまずかったかもしれないという杞憂もつかのま、「わかったよ」と頷かれた。

「何時頃に出られますか」

「そうだな……、八時頃かな」

手首にはめた時計を確かめる水嶋に、澤村は「了解しました。店には予約を入れておきます。七時半頃に内線を入れますから」と立ち上がった。

「ああ、頼む」

ぽそりとした呟きを背中に聞きながら扉のノブに手をかけたところで、「それじゃ、またのちほど」と振り返ると、ずっとこちらを見ていたらしい水嶋と視線がぶつかる。煙草を口の端にくわえたものの、火を点けずにいる物憂げな男の目は、前にも見たことがある。歓迎会のときと同じ、途方に暮れたような目つきだ。

なぜ、水嶋が当惑する必要があるのだろう。いきなり食事に誘ったことがまずかったのだろうか。

どうもこの男はよくわからない。手厳しいことを言ったかと思えば、いまみたいに不可解な感情を浮かべた視線を向けてくる。

それに、と見つめ続ける澤村からついと視線をそらした水嶋が、「早く行けよ」と苛立たしげにライターを点火する。その耳の先がわずかに赤かった。

それに以前よりもずいぶん、変わった気がする。いつのまにか態度が軟化し、くどくどと小言を言わなくなった。今日の一件がいい例だ。めちゃくちゃにけなされてもおかしくなかったのに、どういう風の吹き回しだろう。

まったくもって解せない、という思いはその午後いっぱい続き、夜の七時半に彼の部屋に電話を入れて「そろそろ出ましょう」と誘ったときも、『わかった』という短い返答にやはりためらいのようなものを聞き取り、澤村は首を傾げるばかりだった。

それぞれに頼んだ飲み物が届き、店員が引き戸を閉めたところで、澤村はあらためて頭を下げた。

「水嶋さんにはほんとうにご迷惑をおかけしました。反省しています」

申し訳なさが声と顔に出ていることを内心祈りながらかたわらを見ると、水嶋はなぜだか落ち着かない様子だった。

「もういい。わかったから」

「そうですか、それじゃこの乾杯で仲直りといきましょう」

自分勝手もはなはだしいことをぬかしながら、澤村はガラス製の盃に酒を注ぐ。

「乾杯」

盃を押しつけるようにして触れあわせると、どことなく怒っているような、それでいてどうしていいかわからないといった顔の水嶋も盃をあおる。

彼を連れてやってきたのは銀座《ぎんざ》の店で、旨い和食を食べさせてくれるうえに、ひっそりとした会話をするにはうってつけの個室がいくつも用意されている。高級料亭とは違い、靴を脱いで座敷にあがるのではなく、半円形のちいさな部屋に沿ったテーブルとベンチ型のソファがしつらえてあるという、最近はやりのスタイルだ。

広報という職業柄、旨いものを出す店の情報収集は欠かせない。この店も、過去何度か通って味と値段を確かめている。もっとも、男を連れてきたのは今夜が初めてだ。前に来たときはクラブで引っかけた女、それも毎回違う相手を連れてきていたけれど、顔なじみになった店員がよけいなことを言うはずもない。

他の客に邪魔されることなく、落ち着いて話せる場所としては、いまのところここがいちばんいい。

黙ってつきだしに箸《はし》をつけている水嶋をちらちらと眺めながら、澤村は手酌で盃を重ねる。

仲直り、なんて自分らしくもないことを言って連れてきたはいいが、さてどうすればいいか。これといって共通する話題もなさそうだし、彼が普段どんなものを好むかあらかじめリサーチしているわけでもない。

さしあたっては仕事の話題に徹したほうが無難かと思い、「新人の北野、どうですか。頑張ってますか?」とさりげなく振った。

「彼、今年入ったばかりで、いきなりこんな大作に呼ばれてガチガチになってるって聞いてますよ。水嶋さんに迷惑かけてませんか」

「いや、よくやってくれてるよ。俺もずいぶんキャララフの直しを出させたんだが、弱音を吐かずに毎回きちんと出してくれる」

「へえ、そうなんだ。歓迎会じゃ半べそかいてたのに」

「悪いこと言うなよ」

軽口に水嶋は苦笑している。仕事の話だけに、食いつきはまずまずだ。

「俺も言葉をはしょるところがあるから……澤村のほうに不満が届いてるんじゃないかって冷や冷やしてるよ」

「俺のほうに？　そんなのあるわけないじゃないですか。そのへんはいくらなんでも、みんなきっちりやりますよ。現場の不満は現場で解消してもらわないと。プロモーションの俺に開発上の文句を持ち込まれたってお手上げです」

「おまえも結構言うな。見た目の印象どおりだ」

可笑《おか》しそうに噴き出し、水嶋は皿に盛られた鶏わさを口に放り込む。次々に運ばれてくる料理は新鮮な鶏肉を主体にしたもので、冷酒にもよくあう。

「……これでも気をつけてるんだが、いざとなると言葉を選んでる暇なんかなくてさ。きつい言い方して、あとから悪かったなって思うことがよくあるんだ」

誠実さがこもる言葉に、この男でも悪かったと思うことがあるのかと、いささか不思議な気分だ。

仕事に対して徹頭徹尾手を抜かない水嶋はそのぶん、内面に意外と繊細なものを持ちあわせているようにも思える。

澤村はいままで、他人に対して自分の気持ちを伝えるときに臆したことがない。たぶん、一度もないはずだ。

自分の考えていることと相手の思うことでは、違いがあって当然である。意見の食い違いを恐れてなにも言えずに腹にため込むより、正面衝突してしまったほうがずっといい。

そのせいか、たいていの人間から強引な奴だと評されてきたし、自分でも、お世辞にも謙虚とは言えない性格だとわかっている。

言いたいことをはっきりと口にしたことで、後悔した覚えはなかった。自分の言葉に責任を持たないというわけではなく、逆に、一度口にしたからには全責任を負うぐらいのこころ構えがなくてどうするかと思うのだ。

その点、水嶋は言ってしまったあとで悔やむタイプらしい。図々しい奴とばかり思っていたのに、案外神経が細いんだなと可笑しかった。

アンバランスな性格をしている水嶋は普段、どんな暮らしをしていて、どんな女とつきあっているのだろう。なにかと華々しい立場にある水嶋なら、思いきりえり好みができるだろう。金はうなるほどある、才能もある。おまけに顔までいいときたら、群がる女で窒息してもおかしくない。

暖かな灯りに照らされた髪は自然な栗色《くり》で、もとから色素が薄めなのだろう。手触りもよさそうだ。神経質な気質を窺《うかが》わせる目つきは才気走っているし、やや華奢《きゃしゃ》な身体つきも敏捷《びんしょう》そうで申し分ない。

こういった手合いは思いきり淡泊か、執拗《しつよう》かのどちらかだ。細かい作業に没頭するゲーム業界に属する人間は、極端な性格をしている奴が多い。もちろん澤村の考えていることは彼がどんなセックスをするのかということで、抱くならどんな女が趣味なのか、決まった相手はいるのかという下世話なことだった。

いくら取り澄ました人間でも、やることはやるはずだ。それに、もしも女の話で盛り上がれるのなら、こっちとしても好都合である。その手の店に通うのがいやじゃなければいくらでも紹介できる。下半身の話題で話があえば仕事面での面倒なことはさておき、今後つきあいやすくなるだろう。

「前から聞いてみたかったんですけど、水嶋さんって彼女いるんですか？」

「え？」

唐突に訊かれ、水嶋は目を丸くしている。酒も手伝ってか、その顔がいつもの毅然《きぜん》とした彼らしくないやわらかなものだったから、澤村は調子に乗ってさらに突っ込んでみることにした。

「いやほら、それだけいい顔してるんだから、さぞかしもてるんだろうなと思ったんですよ。雑誌でも水嶋さんだけ大きく取り扱われてることが多いでしょう。あれって、やっぱり顔がいいからなんじゃないですかね」

「……嫌味かよ。顔がいいからって、ゲームには関係ないだろう」

「まあね。でもさ、ここ数年続けてヒットを飛ばしてるんだから、クリエイターとしての実力は言わずもがなってところでしょう。それよりもどんな女が好みか教えてくださいよ。いまフリーだっていうんなら、いい店紹介しますよ。風俗じゃなくて俺がよく通ってるクラブなんだけど、結構いい女が来るんですよ。今度一緒にどうですか、いや、なんだったら今晩でも」

立て板に水といった調子でまくしたてると、水嶋は額に手をあてて溜め息をついている。それからぼそりと呟いた。

「いいよ、別に」

「いいじゃないですか、これぐらい。同じチームなんだし」

ものの弾みで歯切れの悪い男の肩をバンと叩くと、じろりと睨まれた。だが、その視線はすぐに透明な酒で満たした盃に落とされる。

「……そういう澤村はどういう女が好みなんだ」

「俺？　やっぱり胸がでかくないとダメ。胸が真っ平らな女なんて女じゃないですね。人間外ってところですか。顔はまあ普通でもいいんですけど。ふくらはぎが締まってるってのもかなり大事ですかね」

「ふくらはぎになんの関係があるんだよ」

「もちろん締まりのよさに決まってるじゃないですか。これは俺の持論なんですがね、ふくらはぎが締まってない奴は、きまって下半身の締まりも悪い。瀬木とも意見が一致したんですよ」

他の客から切り離された個室とあって、澤村は遠慮なしに喋り続けた。仕事を離れて水嶋と話すという機会はそうそうない。どんな男なのか、いま手にしているデータが少ないのだから、この際いろいろと話しておきたいと思う。今後一緒に組んでいくうえで、彼が普段どんなことを考えているか知ることはけっしてマイナスにならないだろう。とはいうものの、女の趣味を知りたいと思うのは、単なる野次馬根性だ。

「結構遊んでるみたいだな。決まった相手はいないのか」

道徳心あふれた言葉を澤村は鼻で笑い飛ばし、「面倒でしょう、そんなもん。こっちがやりたいときにやらせてくれる女がいちばんですよ」と皿に残った鶏わさをまとめてくるりと箸で巻く。

よく噛まなくてもとろけそうな肉を咀嚼《そしゃく》しているところをじっと見つめられているのに気づ

いて顔を向けると、視線がすっとそらされる。

不自然なほどに目をあわせないなと上の空で考え、口の中のものを飲み込んだ。

この店に来て、わずかな距離を空けて座ったときからそうだ。右隣に座っているのに、めったに視線が交わることがない。かといって水嶋がまったく違う方向を見ながら喋っているかというとそうではなくて、こっちが酒を呑んでいるときや皿に箸をつけているときにかぎって視線を感じるのだ。

正面からまともに交差することのない視線は、澤村の横顔にばかり集中している。

試しに、といきなり振り向くと、驚く男ともろに顔を見あわせた。だが、水嶋はまたも素早く顔をそらし、手にした盃を勢いよくあおっている。

まるで盗み見をしていたのがばれたとでもいうように、彼の頬にじわじわと赤みが差していくことには首をひねるだけだ。

なにか言いたいことでもあるのだろうか。露骨な話をしたことに腹をたて、文句でも言いたいのだろうか。

「俺になんか言いたいことでもあるんですか?」

婉曲《えんきょく》な言い方をせずにずばり切り込むと、即座に、「あるわけ、ないじゃないか」とため息交じりに返ってくる。

ほんとかよと彼の手元を見ると、盃を持つ指先が細かに震えている。

どうもおかしい。たかだか女の話をしただけでこうも機嫌悪くされる覚えはないのだが、さりとてそれ以外に彼が挙動不審になる理由も見当たらない。

こちらを見まいとしている男の顔を澤村は無遠慮に眺めた。やっぱりよくわからない男だ。下半身の話題で共通項を見いだそうとしたのが馬鹿だったのだろうか。

一度壊れた場の空気をどう修復しようか考えながら、店員を呼んで酒を追加した。すると水嶋がひどく急いた口調で、「俺はもういいから。この一杯で帰る」と立ちあがりかけた。

「なに言ってんですか、まだ九時半ですよ。もう少し呑んでからにしてくださいよ」

引き留める澤村自身、これ以上なんの話題で盛り上がればいいのか頭を悩ませるが、「それじゃお疲れさまでした」とあっさり帰すわけにもいかない気がする。

「だいたいまだ俺ら、仲直りしてないじゃないですか」

中腰で盃に残った酒を呑み干した水嶋の腕を摑《つか》んだ瞬間、彼の身体がびくりと強張り、やにわに腕を振り払われた。

「水嶋さん？」

思ってもみないリアクションには、さすがに呆気《あっけ》に取られた。ただ腕を摑んだだけなのに、なぜこうも強い拒否反応を示されなければならないのか。

「悪かった、……すまない」

額にうっすらとした汗を浮かべて、水嶋は力が抜けたように腰を下ろす。出会ったばかりの頃の自信ありげな態度もいまではすっかり身をひそめ、声まで掠《かす》れさせている。

前よりもっと距離を空けて座る男をいぶかしく思うものの、とにかく酒でも注ごうかと身を寄せると、水嶋はそのぶんだけ奥へとずれる。

「……なにびくついてるんですか」

「別に、そんなつもりはない」

うつむく横顔を見ているうちに、変だと首をひねる気分は、しだいにひと匙《さじ》の悪意を含んだからかいめいたものへとすり替わっていく。

どうしてなのかは知らないが、自分とふたりきりでいることが彼にとってはいたたまれないものらしい。その証拠に、狭い個室で距離を詰めるときっちりそのぶんだけ身体をずらすのだ。

女の話題にはまるきり興味がなさそうで、自分が近づくと逃げる。ふとした接触も怖がっているようにも思える。これがなにを意味しているのか。さして深い考えも持たずに澤村は、

「あのさ」と囁《ささや》いた。

「違ったら悪いんだけど——もしかして水嶋さん、女には興味ないの？」

「……誰もそんなことは言ってないだろう、俺は」

「まさか男が好きなわけ?」

彼の言葉を最後まで聞かずに言いかぶせると、ぎょっとした顔が向けられる。

愕然《がくぜん》とした表情が指し示す答えといったら、ただひとつしかない。澤村は低く笑い出した。

目の前にいる男は、この業界にいる者なら誰もが知っている有名人だ。著名人とは言っても芸能人ではないから、彼の性癖がばれたところでそれほど騒がれないだろうが、やはりイメージを損なうものではあるだろう。

「……なるほどね、ゲイなんだ。そういう男に会ったのは俺も初めてですよ」

「澤村」

「隠さなくてもいいって、別に。誰にも言いませんよ」

ますます楽しくなってきた。煙草に火を点け、立ちのぼる煙越しに見る男の顔は秘密を暴かれたことへの悔しさに歪んでいる。

「水嶋さんがゲイだとはねえ……驚いたな」

あからさまな揶揄《やゆ》に顔をそむけた水嶋は、自棄《やけ》気味に酒をあおっている。

「否定しないんですか」

「……なにを言えって言うんだよ。違うって言ってもいまのおまえはどうせ……」

「ああ、信用しませんね。これだけはっきり反応されちゃ」

またも言葉を奪い取り、澤村は深々と煙草を吸い込む。それで水嶋もむっと押し黙った。

業界内外に広く名前を知られる男が同性愛者だと知り、澤村としては愉快でたまらなかった。すべてがパーフェクトだと思っていた男の弱点を見抜いたのだ。それをどう扱うかは自分しだいだというのも、またおもしろい。

世間的に見て、同性を好きになるという性向の持ち主は絶対的に少ない。水嶋もそのへんはうまく隠し通してきたのだろうし、今後カミングアウトするつもりはないのだろう。

性的なことに関して、日本は諸外国に比べれば一歩も二歩も遅れを取っている。異性に惹かれるのが真っ当だという風潮のなかで、彼のような立場にある男が同性愛者だと明かすのは非常に勇気がいることに違いない。

澤村は、それが不憫《ふびん》だとも気味が悪いとも思わなかった。ただひたすら可笑しかった。

年齢的にもキャリア的にも上にいた男のウィークポイントが、こんなところにあったとは。

堪えたつもりでも、声に表れていたのだろう。笑い声を聞き取ったらしい水嶋が眉間にはっきりとした皺を刻み、「なにが可笑しいんだ」と尖った声を出す。

「俺、——俺は」

だが、言葉はそれ以上続かず、澤村をさらに増長させる。

「なんですか？　俺は、その続きは？」

にやにや笑いながら顔を近づけた。不愉快そうな視線が向けられても、ちっとも響かない。それよりももっと追いつめてみたくて仕方がなかった。かちりと整った冷静な顔を崩し、歪ませてみたいという思いがこみあげてくる。

いままで同性を寝る対象として考えたことがなかっただけに、水嶋はやけに新鮮に映った。同性とのセックスはどんなふうなのだろう。経験はないが、男女のそれとさしたる差はないはずだ。彼が受け入れる側になるのか、それとも、と考えるだけで、腰のあたりにじわりとした熱が浮かんでくる。なにごとも試してみなければわからないというではないか。数あるセックスに、一度ぐらい男との経験があったっていい。澤村はいたって気楽に考えていた。

酒と怒りのせいで目尻《めじり》を赤く染め、いつになく熱っぽい雰囲気を漂わせている男を組み敷く場面を想像したあたりで、澤村は我慢がきかずに彼の腕を摑んでいた。

いつからこの男は自分を見ていたのだろう。

案の定、水嶋は面食らっている。摑んだ手首の内側では、彼の動揺そのままに鼓動が激しく脈打っていた。

男が好きなのだというなら、この自分も男のひとりだ。彼の対象範囲に入っているのかどうか試してみたかった。

「俺はどうですか、水嶋さん。あんたの好みからは大きくはずれてる?」

「澤村、おまえ――」

「それだけ動揺していて俺に興味がないとは言わないよね。……なんか変だと思ってたんだよ。さっきから俺が近づくたびに逃げててさ」

ぎりっと奥歯を噛み締める音に確信を抱き、澤村は笑いかけた。

「俺もさ、男同士のセックスに興味があるんだ」

「……おまえはゲイじゃないだろう」

「もちろん違うよ。なんだよ、ゲイじゃなかったらあんたとやっちゃいけないわけ?」

自分の言っていることがどれだけ彼の自尊心を傷つけているか、あらためて考えずとも澤村にはわかっていた。

同性を好むという性癖を侮辱し、あまつさえおもしろがっている。

突然転がり込んできた弱みをとことん楽しもうとする自分の倫理観に、いまさら罪悪感を抱くつもりはさらさらなかった。もとより、女とのセックスにも責任を感じたことがないのだから、男相手ならなおさら好奇心が先行する。

トップクリエイターとして広く認知されている水嶋と寝たなんて誰にも言えないだろうが、楽しそうなことから目をそらせるたちでもない。彼だって、三十一にもなって身持ちが堅いというわけではなかろう。ある程度好みの範疇《はんちゅう》に入る相手なら、セックスぐらい簡単にするんじゃないだろうか。

「試してみようぜ。気に入ってもらえると思うけどな」

「……癇《かん》に障る奴だな」

口調こそきついものの、明け透けな誘いに水嶋の理性が揺らいでいることぐらい、間近で見ればわかろうというものだ。

あとひと押しすれば、崩れる。名実ともに、自分よりもランクの高い男を喘《あえ》がせてみたいという欲求が一分一秒ごとに募っていく。

いつから見られていたのだろう。最初に顔をあわせたときからだろうか。あるいは、この店で隣に座ったときからだろうか。互いにどんな奴なのかと探り合っていたときから——落ち着いた素振りで打ち合わせを重ねてきたあいだから——まさかひとめぼれしたとでも言うのだろうか。そんなことをもしも言われようものなら、大声で笑い出してしまいそうだ。

扉一枚隔てた外では、常識的な考えを持つ客たちがなごやかに酒を酌み交わしているのだろう。銀座という華やかな場所だけに、目を奪われるような容姿を誇る女も多くいるはずだ。だけど、いまはこの窮屈な部屋で、端正な顔が屈辱と羞恥《しゅうち》に歪むのを見ているほうが楽しい。自分と同じ男をなぶっているほうがずっとおもしろい。

女と違って妊娠するという心配があるわけでもないしとほくそ笑み、澤村は摑んだ腕を引き寄せた。

「やめるならいまのうちだよ」

気の毒なまでに青ざめた水嶋は、なにも言わなかった。

顎《あご》に指をあてて上向けたときも。ひそやかな熱が渦巻くちいさな部屋で、軽く触れただけのキスをしたときも。なにも言わずに、ただ観念したように瞼を閉じていた。

思わぬ展開に気をよくしたのは、当然ながら澤村《さわむら》だけだった。水嶋《みずしま》はひと言も口をきかず、タクシーが彼のマンション前に着いたときも無言を貫き、ひとりさっさと車を降り出た。高級住宅街として知られる目黒《めぐろ》区は夜の十一時を回ったばかりだというのに、早くも静まり返っている。

建物の周囲の植え込みがクリーム色の灯りでぼんやりとライトアップされている。住民の睡眠を妨げないように配置を工夫してある灯りに、澤村は低く口笛を鳴らす。都会特有の薄い闇にとけ込む深い色味の外壁からして、金がかかっていると容易に知れるマンションだ。

無駄に広いエントランスを抜け、オートロックの自動ドアを開くためにポケットから鍵《かぎ》を探り出す男が振り向く。

店を出てから初めて交わる視線に、澤村は軽く眉をはねあげた。ここまで来ておいて、いまさら引き下がるとでも思っているのだろうか。

ほんの一瞬視線を絡めたあと、水嶋はちいさなため息をついて自動ドアのロックを解除し、足早に歩いていく。澤村もあとを追った。

エレベーターで七階まで昇るあいだ、互いに口をきかなかった。ワンフロアに二戸しかない贅沢《ぜいたく》なつくりをしているマンションで、七〇一とプレートがついた部屋の扉が開くのを待つあいだ、澤村は緊張をみなぎらせている背中をじっと見つめていた。

重厚な扉が開き、すかさずその奥に逃げ込む肩を摑《つか》む。背後で扉が閉まる音が聞こえる前に、息を途切れさせる男を玄関脇の壁に押しつけていた。だだっ広い玄関は、間合いを詰めるのに邪魔なものが一切なく、隅にぽつんと水嶋のものらしいナイキのシューズが置かれているだけだ。

「——澤村、ここじゃ……」

まずい、と形ばかりに訴えた水嶋に、「いいから目閉じてなよ」と笑い交じりに囁《ささや》き、それ以上面倒なことを言われる前にくちづけた。

店ではほんの挨拶《あいさつ》程度に重ねたくちびるを強く押しつけると、せめてもの抵抗か、水嶋が歯を食いしばる。どうせ、それも見せかけなのだとわかっているから、澤村は焦らずにじっくりとなるすことを選んだ。

　波打つ鼓動を隠し持つ両手首をしっかりと拘束し、身動きが取れないようにしてからもう一度くちびるを重ねた。

　自分とて、初めて男を相手にするのだ。女とは違う感触に萎《な》えることがないとはかぎらないし、うっかり手順を吹っ飛ばしてしまい、こんなものかと嘲《あざけ》られることも避けたい。ならば、時間をかけるべきだ。水嶋から抵抗を奪うあいだに、自然と平常心も戻ってくるだろう。

「……っ……」

　角度を変えて浅くくちづけることを繰り返し、押し殺した声に背中をぞくぞくさせた。固く握りしめた拳《こぶし》をむりやり開かせて一本一本指を組みあわせると、とまどったように一瞬爪が食い込んだあと、強く絡みついてきた。

　他人とくちびるの表面を重ねるという他愛ない行為によって、いままでに味わったことのない酩酊感が押し寄せてくる。掠《かす》れた吐息を聞いているうちに、この男をもっと追いつめて濡《ぬ》れさせてみたいと昂《たか》まるのは、やはり初めての同性相手に興奮しているということなのだろう。

　ただ熱かっただけに過ぎないくちびるが濡れはじめ、水嶋が苦しげに息継ぎしたときを狙《ねら》って舌をすべり込ませた。

「ん――、っ、……っ」

逃げまどう舌を追い、先端を吸い上げるたびに、絡めた指先が食い込んでいく。

玄関先で交わすキスだけで、こんなにも感じてどうするのだろう。水嶋も、自分も。足下のタイルは磨き込まれていて、水嶋に一歩、また一歩詰め寄るたびに革靴が鳴る。くちゅりと淫《いん》猥《わい》な音が響いたのに気づいて顔を離すと、彼の目縁が赤く染まっていた。

腕を摑んだまま床に倒れ込んで一息にと、とけ出す意識で考えていたら、わずかな抵抗があったあとに、「ここじゃだめだ、勘弁してくれ」とせっぱ詰まった声が聞こえてきた。いつもの水嶋らしくない懇願に笑い出したくなってくる。

「なに気取ってんだよ。どこでだっていいじゃないか。やることは同じだろ?」

天井からこぼれ落ちる丸い形の灯りを受けた水嶋は悔しげにくちびるを嚙《か》み締めながら、「いい加減にしろよ」ともがき、頑丈な腕の輪から抜け出す。

この期に及んでもなお、長い廊下を抜けて突き当たりの広いリビングへと逃げ込もうとする男を大股で追うあいだ、澤村は手早くジャケットを脱ぎ捨てた。ネクタイをゆるめ、ワイシャツのボタンをふたつはずしたところで、大きな窓に突き当たった水嶋が振り向く。あきらかに怒りが勝っている表情で、隠しきれない動揺がまごついた視線に現れている。

「とりあえず話をさせてくれないか。おまえだってこんなことは初めてなんだろう」

「こんなことってどういうこと？」

「……その、……男としたことはないんだろう。勢いでやったら絶対にあとで……」

「後悔するとでも言いたいのかよ。出会ったばかりだからしょうがないけど、俺をわかっちゃいないね、水嶋さんも」

昂揚した気分を抑えきれず、澤村は手を伸ばして彼を抱き締めた。

「自分が誘ったくせに泣きそうな顔すんのかよ、あんたは」

実際のところ、彼が誘ったわけではなくて、その兆候を表しただけ。自分のほうがつけ込んだに過ぎない。

水嶋は、しゅるっと音を立てて引き抜かれたネクタイが床に落ちるのを黙って見ている。気の抜けた顔つきで、蛇の抜け殻みたいに長細くねじれた布を見つめている。

どこまで彼が本気なのかいまいち図りかねるが、途中でやめるわけにもいかない。どこともなく視線をさまよわせる男の喉《のど》に指を当てて上向かせた。

「澤村……」

嗄《しゃが》れた声に諦《あきら》めとまぎれもない劣情を聞き取り、ボタンをひとつひとつはずしていった。自分が脱がされているという事実から目をそらしたいのか、水嶋はあらぬ方向を向いていた。

はずしたボタンのすきまから手をすべり込ませ、当然ながらの感触に澤村は驚いた。女ならこのへんにふっくらしたやわらかさがあるのだろうけれど、いま触れているのは硬くて、なめらかで、指先が痺《しび》れるほど熱い。

この熱は想像外のものだったから、飽きるほど触れ回したいという欲求がこみあげてくる。

「男でもここが硬くなるんだ」

窓際に立たせたままで尖《とが》る乳首を親指でつねると、水嶋の眉間《みけん》の皺《しわ》が一層深くなる。ちいさな粒を指の先でやんわり押し潰《つぶ》し、円を描いた。うっすらした色のそこがじわじわと濃くなっていく様にそそられ、軽く揉《も》んだり引っぱったり、爪で引っかいたりした。

「……あ、っ……」

触れているうちに、右の乳首がどんどんしこってくる。少し前と比べると、なめらかさも増したようだ。

「左は？　右も感じるならこっちだってそうだよな」

右の乳首から指を離さずに、左も丁寧に揉み込むことを繰り返す。乳首の周囲がぷつぷつと粟立《あわだ》ち、右よりも短時間で反応を示したことに上機嫌となった澤村は、彼の手を引き、部屋の中央にしつらえてある大きなソファに座らせた。そして、自分は床にしゃがみ込む。こうすれば思う存分彼の身体を検分し、弄《いじ》り回すことができる。

すっかりシャツがはだけた水嶋はとうに抵抗することをやめていたが、好き勝手につつき回されることには屈辱を感じているらしい。それとわかる面持ちで、なにか言おうとしては口を開き、閉じることを繰り返している。

そういったものを一切無視して澤村はソファに手をつき、ぷつんと尖った乳首にくちびるを寄せた。舌に当たる硬い感触は想像していた以上のいやらしさだ。水嶋が大きく息を吸い込んだ隙《すき》に、湿り気を帯びた尖りを強く咬《か》んだ。

「ん、——あ、ぁ、ッ……、！」

突然の刺激に、水嶋の身体が強く反り返る。反動でうなじのあたりを抱え込まれたのをいいことに、右、左と指で弄ったのと同じ執拗《しつよう》さで乳首を舐《ねぶ》った。舌先でつついているだけではもの足りず、弱く、強く咬み、濡れたそこをきゅっとひねると、水嶋は声なくして悶《もだ》え、汗をにじませた。そのことも澤村にとっては新鮮だった。汗ひとつかかないような冷徹な顔をした男が自分の愛撫《あいぶ》で喘《あえ》ぎ、皮膚に爪を食い込ませてくるだけに、いつにも増して興奮してしまい、同性を抱くという異常な事態に足を踏み込んでいることがまったく気にならなかった。

シャツを脱がせたときは薄い色だった胸の尖りも、甘咬みを重ねて弄り回したことで、深い色に変わっている。そこに手のひらを這《は》わせて揉みしだいた。汗に濡れた肌が吸いついてきて、澤村をさらに煽《あお》る。指先を食い込ませて苦痛に近い感覚を与え、ぴんと盛り上がる先端に息を吹きかけては咬んだ。これ以上ないぐらいに強く咬んだあと、そっと舌先だけで優しく舐めると、水嶋の呼吸が浅くなる。

「……や、めろって、おかしく――なる」

手のひらで口元を覆っているから、水嶋の声はくぐもって聞こえる。

「当たり前だろ。そういうふうにしてんだよ」と答えた澤村の声も変容していた。女にもしたことがないほどの濃厚な愛撫に、自分も彼ものめり込んでいる。

身体をのけぞらせた男のきつかった視線はぼんやりとほどけ、無意識なのだろう、肩で息しながら澤村の名前を呼んでいた。それがなぜだかいじらしく思えて、髪に触れていた指を摑み、そっとくちづけた。

誰よりも才能があるのに奇妙なところで臆する男だ。同性を愛する性向が彼のアンバランスな性格を形作っているのだろうか。おまけに、年のわりには経験が浅いように思えた。変にすれていないと言うと可愛らしすぎるが、やけに敏感な反応を見せるあたり、もともとは淡泊なほうなのかもしれなかった。

「水嶋さんはさ、男が好きでも、セックスはそんなに好きじゃないんじゃないの」

「そういうわけじゃ――、ない」

一方的に感じさせられていることを押し隠すための反論も、完全にあがってしまった息が効力を失わせている。

「……澤村？　やめろって、……最初からそんなに……おい、待てって！」

邪魔なベルトを抜き取り、ジッパーを引き下ろしたところで水嶋が慌てて手を押さえてきたけれど、澤村のほうが早かった。トランクスを押し上げているペニスを摑み、薄い生地の上から亀頭を撫でさすった。

「感じてるくせにやめろとか言うわけ？　言ってることがめちゃくちゃだね」

「バカ野郎、おまえ……っ……、ぁッ……！」

男を抱くのは初めてでも、マスターベーションと同じだと考えればたやすい。じわりと先走りで濡れた亀頭から幹にかけてゆっくりとしごいた。

「あ、あ、――さわ、むら……ッ……」

ソファの上で、水嶋の身体は弾力のあるバネのようにしなり、折り曲がり、熱くなっていく。手の中で浮き立つ筋をなぞるのが楽しくてたまらない。重くなっていく陰嚢《いんのう》にも指を這わせ、転がした。

複雑に色を変えていくペニスを見ているうちに、口内に唾《つば》が溜まってくる。これまで冷静な水嶋しか見ていないだけに、いまにも崩れそうな感じる顔にはどうしようもなくそそられる。

キスができたなら、フェラチオをするのだってそうかけ離れたことではないだろう。思いきって口を開き、亀頭の裏側からぐるりと舐め回した。

そこまで大胆な行為に及ぶとは、まさか水嶋も考えていなかったらしい。声にならない喘ぎをあげて、大きく息を吸い込むことを繰り返していた。

「あ、——、……ああ、……」

やや細めの性器は、舌を這わせるたびに口の中でびくりと反応する。気持ちいいと感じるところは、たぶん自分と同じだ。先端の割れ目を尖らせた舌先で探ると、とろりとした先走りがあふれ出てくる。場の勢いでそれも舐め取り、奥深くまで含んだ。

いつも女にやらせていることをやっているのだと思えば、簡単である。

掠れた喘ぎ声はややもすれば細い悲鳴になりそうで、水嶋は硬く握り締めた拳に噛みつくことで懸命に堪えていた。その姿をあまさず眺めていた澤村は立ち上がり、さらさらした髪を摑んだ。

「フェラチオぐらい、やってくれるよな。俺だってやってあげたんだしさ」

鼻先に当たる冷たいジッパーに、水嶋が目を剝《む》く。

「おまえ……俺をなんだと思っているんだ！」

その言葉が、澤村の加虐的な思考に火を点《つ》けた。くちびるをぎりぎりまで近づけ、「いまさらあんたが誰だか教えてもらいたいのかよ」とちいさく笑う。

「誰もが知る売れっ子のあんたは俺のことを悪く思ってないんだろう？　だからここに連れて

きたんだよな。だったら、舐めろよ。その利口そうな顔で俺のここをもの欲しげにしゃぶる姿が見たいんだよ。……ほら、男が好きならさっさと口を開けろ」

言いながら、鷲掴《わしづか》みにした頭を股間《こかん》にぐいと押しつけた。水嶋のもがきがダイレクトに伝わり、いてても立ってもいられなくなる。澤村はみずからジッパーを下ろし、昂まったペニスを引きずり出した。

エラが張り、先走りがにじんだ亀頭を目にした男が急いで顔をそむける。だが、その喉がごくりと鳴るのを耳にし、澤村は自分で摑んだペニスを彼のくちびるに這わせた。

じかに触れなくてもわかる。彼の耳朶《じだ》は火傷《やけど》するほどに熱いはずだ。

「あんたに、俺のを舐めさせたいんだよ。しゃぶってくれたら望むとおりにしてやるよ」

矜持《きょうじ》を踏みにじられた水嶋がきつく眉をひそめ、瞼《まぶた》を閉じる。やはり性急すぎたか、しくじったかもしれないと思った矢先に、濡れたくちびるがためらいがちに開いた。

覚悟を決めたことで、自分を守るプライドとは一時的におさらばしたらしい。

水嶋の技巧はただたどしかったが、十分に満足できるものだった。自分よりも上の立場にある男が言いなりになっているというシチュエーションは、テクニックの甘さを補って余りある。硬くそそり立つペニスを摑み、一心不乱に舐めている姿は、澤村の目に浅ましく映り、どうかするとけなげにも映った。

快感が欲しけりゃ、自分の部下にだってひざまずく。性格的には淡泊でも、もとからある素質としてはこんなふうに強要されることが嫌いじゃないのだろう。

唾液《だえき》を伝わらせて幹を舐める水嶋は、かたくなに瞼を開こうとしなかった。臍《へそ》につくほど勃《ぼっ》起《き》したものを口に含み、言われたとおりに頭を前後に動かす彼の苦しげな表情に、澤村は悦に入る。

これまでに築いてきた実績やプライドもなにもかも、つかのまの快感と引き替えにする男の痴態をひとつ残らず見ておきたかったのだ。

「ねえ、俺のことが好きなの?」

水嶋は答えない。舐めることに没頭しているふりをして、こっちを見ようともしない。

「いつから俺を見てたんだよ」

無言を通されても、澤村には確信があった。

「俺のことが好きなんだろう?」

そう、間違いなく彼は自分に惚れているのだ。いつ、なにをきっかけにしてかは知るよしもないが、常識的な手順を吹っ飛ばしてまでも淫猥《いんわい》な行為を受け入れるぐらいだ。根底には自分を想う気持ちがあるに違いない。いくらゲイだからといって、誰のものでも簡単にくわえるというわけではないだろう。

これが女だったら、どうしていただろう。もの欲しげな顔でなまめかしい身体をさらし、どうされても構わないという態度が透けて見えていたら、逆に興ざめしてしまう気がする。なんの苦労もしないで抱ける女は、澤村にとってコンドームと同じぐらいの価値しかなかった。いわば、一回かぎりの使い捨てだ。最終的には寝ることになっても、その前段階での駆け引きは絶対に必要である。

とは言ったものの、水嶋とのあいだに駆け引きなどなにひとつ存在しなかった。呑んでいる最中の戯れ言が引き金となってなだれ込んでしまったわけだが、使い捨ての女相手とはまったく違う感触だ。

彼のような男が自分の言いなりになるなんて、まだどこかで信じられない。これは嘘で、悪い冗談なんじゃないだろうか。騙《だま》されているんじゃないかと思う。なぜなら、「好きなんだろう、俺のこと」と頭を揺さぶってもまったく答えないし、舐めることだってこころから楽しんでいるふうには見えない。セックスマニアには見えないし、遊び慣れているようにも思えなかった。もっとも、この状況で嬉々《きき》としてフェラチオされていたら、自分とて男との経験がないだけに腰が引けていたはずである。

水嶋という男がよくわからない。ほんとうに、まったくわからない。仕事に対してはひと一倍厳しく、他の奴らと比べてみても、自分には好意の欠片すら表していなかった。嫌われているんじゃないかとさえ思っていたのに、こんな熱情をひそませていたのかと思うと、わけがわからなくなってくる。

正体のわからない不安と同時に、澤村は優越感も感じていた。出会ったばかりの年下の男に惹かれているのを認めたくないからこそ、いままで反発していたんじゃないだろうか。よそよそしかった態度も、それなら説明がつく。

彼はいま、ひどく取り乱している。まさか澤村のほうから迫ってくるとは、予想もしていなかったのだろう。

舌によるつたない奉仕は続いていた。唾液がしたたる舌でくるまれ、硬く長いペニスにきわどい刺激が与え続けられている。眉をひそめながらも、熱に浮かされたような顔をじっくりと見つめ、亀頭で喉奥をつついて咳《せ》き込ませることを繰り返したあげく、澤村はたまらずにシャツを脱ぎ捨てた。それから水嶋を引き剝がし、茫然《ぼうぜん》としている彼を床に押し倒して、互いのペニスがこすれるように身体を重ねた。

「澤村——俺、……俺は——」

「いいから黙って。そろそろいきそうだろ?」

たった二時間前までは仕事だけの関係だったのが、こうもおかしくなるとは。理性の回路が焼き切れる寸前、胸に手をあてて突っ張ってくる男を左手でかき抱き、右手で互いのペニスを

握り締めた。ぬるぬると優しくしごかれて耐えきれないのか、水嶋は胸を波立たせて喘ぐ。

出会ったときからついさっきまで耳にしていた声は、彼の容姿にふさわしい冷静さに満ちていた。それがいま、胸をかき乱すせつなさを加えて鼓膜に染み込んでくる。

こんな男には会ったことがない。女とは違った手応えのある彼に、自分のほうが夢中になりそうだ。本気で追いつめて振り回し、いたずらに傷つけて泣かせてみたくなる。嫌だと喚《わめ》くのも押さえつけて、自分を好きだと言わせたくてもどかしくなる。

互いの欲望を剝き出しにして触れあいながらも、好きだとか嫌いだとかいった、ひとが自分以外の人間に抱くいちばんシンプルな感情を頑として口にしない水嶋弘貴《ひろき》という男にこの瞬間激しく惹かれて、どうにかなりそうだ。

わざと音が響くようにしごき、汗の浮かぶ胸に何度もくちづけた。

「だめだ――、もう、……我慢、でき、ない……」

「俺も」

短く答えて、澤村は身体をよじらせる男に深く覆い被《かぶ》さった。

「……まさかほんとうにするとは思わなかった」

ぽつりとした呟きを耳にして振り返ると、シャワーを浴びたばかりの水嶋が缶ビールを差し出している。薄い霜のついた缶を受け取り、澤村は濡れたままの髪の先から垂れるしずくをタオルで無造作に拭《ぬぐ》う男を肩越しに眺めた。熱い湯を浴びたせいか、水嶋の頬には正常な赤みが戻っており、ついさっきまでの艶っぽい空気が払拭《ふっしょく》されている。

上質のコットンでできたバスローブの襟をつまんで見下ろし、「こんなのが普通にある家なんか見たことがない」と言うと、同じものをまとった男もあやふやに笑う。

「ここにはよく客が来るの」

とくに深い意味を込めたつもりはなかったのに、相手にはそう聞こえなかったらしい。「俺は誰とでも寝るわけじゃない」と、思いのほか鋭い声が返ってきて驚き、まじまじと見つめた。だけど、それ以上言う気もないのか、水嶋はふいと顔をそむけ、ひとり掛けのソファに腰を下ろす。その右斜めで、澤村が長々と足を伸ばして座っているソファはゆうに三人が腰掛けられるものだ。しっとりした手触りの皮革は一目見ただけでも相当に値が張るものだと知れる。

少し前まで、ここで彼と抱きあっていた。男の水嶋を組み敷いて喘がせた。

わずかにソファにこぼれたものは自分がシャワーを浴びているあいだに拭き取られたらしく、こもる匂いも窓を開け放したことですっかり消えている。

なにもかも綺麗《きれい》さっぱり、跡形なく。あっというまにはじまって、あっというまに終わった情事の痕跡はどこにも残っていなかった。ただひとつ、水嶋の鎖骨付近に残る薄い痕《あと》以外は。

「そこ、痛む?」

缶ビールを持った右手で指すと、水嶋は拍子抜けした顔で、「え?」とうつむいたあと、やけに急いた口調で「別に」と言い足す。

「あんたが暴れるから強く摑んじまった」

「……横暴なんだよ、おまえは」

家具が少なく、生活感の薄いリビングは二十畳近くあるだろうか。室内はぼうっとしたフロアライトだけで照らされていて、水嶋の顔も翳《かげ》って見える。

「俺が住むマンションとは大違いだね」と言いながら、澤村は冷えたビールをごくごくと流し込む。ひどく喉が渇いていたから、たちまち一缶呑み干してしまった。それに気づいた水嶋が、まだ空けていなかった自分のぶんの缶を放って寄こしてきた。

壁面はやわらかな砂色で、床は焦げ茶のフローリング。窓に趣味の悪いレースカーテンはついておらず、張りのある白い布がかかっているだけで、夜風にあおられて内側に大きくふくらんでいる。そのそばに青々とした背の高い観葉植物の鉢植えが置かれていた。

「あの鉢に植わってるのって、なに?」

「……パキラ」

「ふうん。あれ、あんたが世話してるの？　忙しいのに毎日水やりしてるの？」

「だったらなんだっていうんだよ」

いちいち突っかかってくる口調に目を見開き、澤村は噴き出してしまう。

「なにをそんなに怒ってるんだよ」

「怒ってるわけじゃ――」

ない、と言いたいのだろうけれど、水嶋の眉間にはきりきりとした皺が刻まれている。しかし澤村が笑い続けていると、水嶋もまたちいさくため息をつく。

「……おまえの言うとおりだよ。俺は動転してるんだ」

「どうして」

「まさか、こんなことになるとは思ってなかったから」

しつこい問いかけに諦めたのか、それとも開き直ったのか判別のつかない声のトーンに興味を覚えて首をひねると、彼はソファに埋もれて片膝を抱え込んでいた。年上の男にしては幼い仕草《しぐさ》が、センシティブな感情を内に秘める水嶋には似合っていた。

「澤村とこんなふうになるとは思ってなかった。なるわけがないと思ってたんだ。だっておまえはゲイじゃないし。……どうにかなったら、なんて、まったく想像したことがなかったって言ったら嘘になるけど……」

ほんのちょっとだけ恥じ入るように呟いた水嶋が、すいと視線を向けてくる。そのなめらかな仕草に、澤村はうかつにもうろたえてしまう。

彼はまっすぐに自分を見ていた。切れ長で、見るひとの目をとらえて離さない独特の目つきにはある種のしたたかさと純粋なものと、相反する感情がひそんでいる。

大きく息を吐き、額を手で覆う水嶋が一言一言ゆっくりと区切る。

「店にいた時点では、冗談なんだと思ってたよ。でも、タクシーに乗ってここに帰ってくるまでのあいだにほんとうなんだとわかった。俺は嘘をつけないから、言うよ。澤村、おまえとこうしたいって思ってたんだ」

「いつから?」

「わからない。もしかしたら最初に会ったときからかもしれないけど――俺は第一印象を大事にするほうじゃないんだ。実際は、おまえが案外仕事のできる奴なんだとわかったあたりから惹かれてたのかもしれない」

淡々とした声に聞こえるが、少しでも気をゆるめると語尾が震えそうなのだと気づき、澤村は黙って先を続けるようにうながした。

「でも……それも言い訳かもしれないな。最初におまえを見たとき、仕事ができるなんて噂は嘘だと思ったよ。派手に遊んでるって話はそれとなく聞いていたし、見た目も軽そうだったから、てっきりバカなんだと思ってた。だから、おまえの能力を試したんだよ。見た目どおり、頭のほうも粗末な出来なんじゃないかと思ってさ」

「それがいいほうに裏切られた？」

「自分で言うのか」

自棄《やけ》気味の笑いを浮かべ、水嶋は浅く顎を引く。

「正直、驚いたよ。強い押しがウリの広報でも、おまえみたいにアグレッシブな男はなかなかいない。いたとしても、見かけ倒しな奴のほうが多いしな。でも、澤村は俺のプレッシャーをものともしなかっただろう。続け様に新しい案を出してくる頭の切れのよさには、素直にすごいと思ったよ。――だけど、よくよく考えるとやっぱりわからないんだ。どうしておまえみたいに傲慢《ごうまん》な男なんかに惹かれたのか……」

「ひどい言いぐさだな。自分にはないものを俺に見いだして好きになったって言えばいいだけのことだろ」

「おまえには負けるよ、ほんとうに」

無理に笑う男が素直な心情を吐露してきたことで、澤村がこころを打たれたかと言えばそうではなかった。

やっぱりそうなんじゃないか。俺のことが好きなんだろう。どう見たってあんたの態度はおかしかったし、いまだって目をあわせることにひどく苦労しているぐらいだ。

握っていたビール缶に力を込めると薄いアルミは簡単にへこみ、半分がた残っているビールがちゃぷんと揺れる音がする。

水嶋が自分に惚れているという確証を掴むまでは安心できなかった。もしも「冗談だった」と言われたら、「ものの弾みってこともあるしな」とさらりと言い返そうと思っていたのだ。むろん、こころの奥底では、いくらなんでもこんなことがものの弾みであるかと思うのだが、彼のほうから打ち明けてきたとなれば話は変わる。

「……後悔、してるだろう。なんだったら、周りにはうまく言ってやるからプロモーションを下りてくれてもいい。こうなった以上俺も言い訳できないし、気持ち悪いって思われながら一緒に仕事していくのは苦痛だ」

指先を咬みつつ言う水嶋に、澤村は首を横に振った。

この男は虚勢を張っている。俺を好きなくせに。俺とやりたかったくせに。

考えれば考えるほど、彼を覆う硬い殻を一枚一枚剥がしてやりたくなってくる。まだ知らないことが、知らない顔がたくさんあるはずだ。それを全部見てやりたい。

「俺も水嶋さんのこと、嫌いじゃないよ」

せっかく期待が持てるようなことを言ってやったのに、水嶋はうつむいたまま、「見え透いた嘘をつくな」と切り返してくる。

さらりと騙されるほどうぶではなく、かといってきっぱりと拒絶できるほどの強さもないらしい。そのへんがどうにも好奇心をくすぐるゆえんだ。

「ほんとうだって。だからしばらくつきあおうよ。いろいろ考えてみるのはそれからでもいいじゃない」

言っているそばから、澤村は笑い出していた。なにをいろいろ考えるというのだろう。男とつきあっていったいどうなるというのか。だけど、これが他の男だったら、つきあうなんて選択は端から頭に入れていなかった。

相手が一緒に仕事を組んでいる水嶋だから惹かれる。さまざまな点で頭ひとつ上にいる男が抱く気持ちを利用すれば難なく征服できるのだから、興味を抱くのも当然だ。

「水嶋さんのこと、もっと知りたいんだよ。いいだろ？」

指を咬むのをやめた水嶋はこちらを見やり、やがてためらいがちに渋々と頷く。

それを見て、もっと嬉しがれよ、俺が譲歩してやってるんだぜと内心苦笑した。

彼がこの馬鹿げた取り決めを受け入れないはずがない。それでも、嘘をついていないか、嫌がっていないかと様子をじっと窺った。

女ならはやりのレストランや映画に連れていくとか、なにか買ってやるとかできるけれど、水嶋にはなにをしたらいいのだろう。外を出歩くのは構わないが、手をつながれたり、腕を組まれたりするのはごめんだ。こうして部屋に閉じこもり、ふたりきりで過ごすのがいちばん安全なのではないかと思う。部屋の中でできることも、探せばいくらでもあるものだ。ゲームしかり、ビデオ鑑賞しかり。セックスだってそうだと考えて、澤村は怪訝《けげん》な顔をしている男に笑いかけた。

なにが趣味なのだろう。普段はどう過ごしているのだろう。つきあうと約束しても口先のことだし、好奇心を満足させられればさっさと終わりにすればいい。どうせ、偽りの関係だ。周囲にばれないように細心の注意を払いながら楽しめばいいだけのことだ。

夏に向かってソフト開発はいよいよ本格的になり、企画部の忙しさも日に日に激しさを極めていった。澤村と瀬木は思いついたアイデアからこれぞというものを厳選し、膨大な資料とともにプロデューサーの伊藤や水嶋をはじめ、会社の上層部相手にプレゼンテーションを行った。いま考えている企画をすべて実現させようとなると、これまでとは比べものにならないほどの宣伝費が必要になるが、なにせ水嶋の移籍後第一弾ソフトだ。彼とのあいだにいろいろとあったところで、あれはあれ、仕事は仕事と区切りをつけることが必要だと、澤村も会社における自分の立場をわきまえていた。

ナイトシステムのソフトプロモーションを一手に引き受ける身としては、建前だけでも仕事に専念するのが当然である。

部長クラスの人間が集った会議室で、澤村はひとつ咳払《せきばら》いしてから切り出した。

「水嶋さんが今回手がけられるソフトは悪く言えば地味です。宣伝方法を間違えれば一部の熱狂的なユーザーを獲得するだけに終わると想定され、そうなればこれまでの我が社の他作品と同じ道を辿《たど》ることになります。企画部としてはそれを避けるために、ソフトの持つカウンターカルチャー的なイメージを逆手に取りたいと考えています」

「ちったァ口を慎めよ。水嶋さん本人がいる前でそこまで言うか」

苦虫を嚙み潰したような顔の伊藤に、隣席の水嶋は穏やかに、「構いませんよ」と取りなしている。

あの夜以後、彼が変わったかといえば、答えはノーでもあり、イエスでもある。社内で接するときは冷静だが、ときおり視線だけがやけに熱っぽく感じられた。

水嶋は一気に態度を軟化させて近づいてくるのではなく、暗に二人きりになることを避けていた。

微妙な雰囲気をまとわりつかせて、こちらの出方を探っている。

それは澤村も同じだった。たとえて言うならば、ふたりしてけっして狭まることのない円を描いてぐるぐるとうろつき、相手の一挙手一投足を窺っている。そんな毎日が続いていた。

歪んだ形で彼と触れあってから以後、二度、食事をともにしていた。最初は澤村が好きなインド料理の店に、次は中華に連れていった。そこで交わした会話は、あとで思い出してみようとしても断片しか浮かばない当たり障りのない内容、仕事の話題に終始した。水嶋は自分のことを話すのが得意ではないらしく、うまく水を向けないと沈黙が続いてしまうのだった。

箸を正しく持ち、ナイフやフォークを綺麗に操る男を前に置いての食事は、澤村にとってけっしてつまらないものではなかった。黙々と食べる男のどこをどうつつけば望んだとおりの反応が引き出せるか、あれこれ試すのに熱中したのだ。

たかだか二、三度食事したぐらいで、ひとりの人間を理解することは不可能だ。彼に抱いている興味がどんな種類のものなのか、澤村自身もよくわからないところがある。むりやり力でねじ伏せて押し倒そうと思えばできないことはなかったけれど、アナルセックスにはためらいがある。マスターベーションとはわけが違うのだ。一線を越えてしまえば、いまはおとなしい水嶋がどう変化するかという点も予想がつかない。

「先を続けろ」

伊藤にうながされたことで澤村は置かれた状況に意識をスライドさせ、プロモーションの概要を説明することにした。

「この作品はカウンターカルチャー、つまりは一般大衆が好むものとは正反対の性質を持っています。主人公の少年がちいさな村にちいさな家を建て、村人と会話を重ねていくことによるコミュニケーションの行く末に、これといったゴールはありません。いままでのゲームではかならずエンディングが用意されていましたが、水嶋作品にはそれがない。遊ぼうと思えばいつまでも遊べる強味がある反面、決まったレールが敷かれていないだけにユーザーがどこにおもしろさを見いだしていいかわからないという弱点もあります。ただ、こうした〝ひそかな楽しみ〟を求めるユーザーはじょじょに増えつつあります。そこで彼らを中心にして、普段あまりこうした作品に触れないライトユーザーを獲得するためのプロモ案を、これからプロジェクターに映しながら説明します」

一斉に書類をめくる音が響くのを確認してから瀬木が室内の灯りを落とし、プロジェクターのスイッチを入れる。

「これまでの水嶋作品に対する事前アンケートを行ったところ、購入者層は十代後半から二十代の男女が中心です。水嶋さんがいままで手がけてきたドラマティックで派手な映像、きちんとした結末のある作品は若年層に受け入れられやすいものでした。ですが、今回は水嶋さんと話し合った結果、作品の内容に沿って、購入者層を一気に三十代まで引き上げたいと考えています。私たちのような二十代後半から三十代以降のサラリーマンの目を惹きつけるために、文字媒体での宣伝活動にも力を入れます」

手にしたレーザーポインターをスクリーンに当て、普段使い慣れない「私」という言葉に軽く咳払いしながら振り向くと、ちょうど水嶋も書類から顔をあげたところだった。

からからに乾いた熱を思わせる視線は思わずこっちがたじろぐほどの強さだが、三秒も経たないうちにすいとはずされる。

たとえ一瞬でも、彼みたいな目をする奴には会ったことがない、以前にもそう考えたことをふと思い出した。

あんな関係に陥っておいて、表面上は一歩も引かないという顔つきには闘志さえ湧《わ》いてくる。やり込めたくてたまらなくなるのだ。

「まず、サラリーマン層がよく購入する一般情報誌に、大々的に宣伝を打ちます。子どもっぽくならないような色味を心がけ、テイスト的には八〇年代後半から九〇年代をイメージしたサイケデリックカラーでまとめるつもりです。これは電車の車内吊りにも応用しますし、テレビCMも同じで……」

薄暗い室内、水嶋を睨み据えながら、澤村は綿密に練り上げたプロモーション案を滔々《とうとう》と論じる。そのかたわら、少しずつ彼の殻を剥がし、食い込んでやろうと考えていた。

――俺のことが好きなくせに、しらばっくれてるんじゃねえよ。早々にその冷静な仮面を引っぱがしてやる。

「……かなり金のかかるプロモーションだが、うん……まあ、今回は我が社における水嶋さんの初作ということもあるし、澤村、おまえの案でいってみよう」

「は、ありがとうございます」

一時間弱の討議を終えたあと、伊藤の承認が下りたことに澤村は深く一礼した。

「宣伝のベースはいま聞いたものでいい。あとは水嶋さんの意思を尊重してくれ」

「わかりました」

室内にぱっと灯りが点き、まぶしさに目を細めた面々が立ち上がる。皆の最後について部屋を出て行こうとする男を目の端に留めて、澤村は、「水嶋さん」と足早に近寄った。

振り返る水嶋はなんの感情も浮かべておらず、「なんだ?」と足を止める。

「このあと、お時間空いてますか。できればいま話した宣伝の詳細について打ち合わせたいんですが」

「悪いが、このあとはプログラマーとの打ち合わせが」

「三十分で終わりますよ。急ぎで決めたいことがあるんです」

はっきりと断られる前に言いかぶせた。期待どおり、水嶋は困惑している。

――そういう顔が見たかったんだ。俺はあんたを困らせたい。追いつめてやりたいんだよ。

扉横で向かいあう澤村たちのかたわらを、「お疲れさまです」と瀬木が軽く会釈してすり抜けていく。

「そうだ、瀬木。今回のプロモのことだが、おまえに聞きたいことがあって――」

「はい？　僕に、ですか？」

慌てて後輩を呼び止めた水嶋の声にわざとらしさを見抜いたが、澤村は黙っていた。

「プロモのことなら……澤村さんのほうが詳しく説明できるかと思いますが。すみません、僕、急いで出版社に宣伝素材を持っていく予定があるんで失礼します」

せかせかと出て行く瀬木が扉を閉め、室内には重苦しい沈黙が横たわる。もちろんこの場合、いたたまれなさを感じているのは水嶋のほうだけだと澤村は知っている。

「水嶋さん、あのさ」

一歩近づくと、うつむいていた水嶋が後じさる。床に映るふたりぶんの影を交差させることにも怯《おび》えているみたいだった。

「なにもしやしないって。ここ、会社だよ？」

つい噴き出してしまったことに、水嶋がちいさく舌打ちしているのも笑いを誘う要素だった。

「なんの用だよ。打ち合わせなんて口実なんだろう」

「そう、口実。あんた、俺のこと避けてるでしょう。やり方が露骨なんだよ」

「……おまえのほうこそ、よく平気でいられるな」

乱暴に頬を拭い、水嶋が近くの椅子《いす》にどかりと腰を下ろす。それから、開いた両手に顔を埋めてため息をついた。

「俺はだめだ。おまえを見ると逃げたくなる」

「取って食うわけじゃねえじゃん。俺ってそんなに危なそうに見えるわけ？」

「まあな。……おまえはどうとも思っちゃいないだろうが、俺がおまえにどういう気持ちを抱いているかは知ってるだろう。頼むから、社内ではあまり近づかないでくれ」

「それって俺が好きってことなの？　ねえ、どういう気持ちになるか教えてよ。ちょっとでも俺が目に入るとどきどきしたり、たまらなくなったりするわけ？」

彼の前に立って睥睨《へいげい》し、からかうことが、このうえなく楽しかった。自分の一言、ひとつの仕草で水嶋を混乱させられるのだから、図に乗るなというのも無理な話だ。

「社内で近づくな、なんて本気で言ってんの？　俺はあんたのプロモーションをやってるんだからさ、顔をあわせないで仕事ができるかよ」

「それはわかってる。わかってるから……あまり近づくなと言ってるんだ」

「どうして」

「これ以上言わせるなよ」

一向に顔をあげない男の手を摑むと、熱かった。その指先にキスして、澤村は彼の両足を割ってしゃがみ込んだ。

「なんで近づいたらだめなんだよ。俺に教えてよ」

吐息が感じ取れるほどに顔を近づけて囁いた。水嶋はやりきれなそうに顔をそむけ、「――我慢、できなくなる」と小声で呟く。

「だめなんだ……、昔から。一度気になりだすと、自分を制御するのが難しくなるんだ」

「俺を見るとおかしくなる？　やりたくなるの？」

自分たち以外に誰もいない部屋でじわじわと熱が集まりだす指をこすっているうちに、澤村もここが社内であるということを忘れてしまいそうだった。

彼は自分の言葉がどれだけの力を内包しているか、知っているのだろうか。知らないで言っているとすれば、たいしたものだと思う。逃げたくなるだとか、制御するのが難しいだとか、赤裸々な言葉の数々は澤村を有頂天にさせる反面、いくぶんか恐れさせるものでもある。

こんなにも強く、誰かに想われたことがあっただろうか。いまはまだ始まったばかりだからいいものの、危なっかしい綱渡りの状況からどちらかがすべり落ちたら、この関係は一気に壊れそうだ。そのときがきたら水嶋はどうするのかと考えると、少し怖くなる。

なにかを約束したのではないから、いつ別れたっておかしくない。そもそも自分たちのような男同士に、つきあうとか別れるという常識が通用するのかどうかさえ微妙だ。

裏切ったら、水嶋は怒るだろうか。手ひどい別れを突きつけたら、泣くだろうか。取り乱した彼を見てみたいと澤村は思っていた。惚れられているんだから自分の言うことを聞くはずだという自信と、一抹の不安がない交ぜになっている。

「こんなふうに、さ。やってほしくなるわけ？」

開いたくちびるに人差し指を誘い込み、舌先をのぞかせて舐めてやった。水嶋は眉をひそめながらも行為に釘付《くぎづ》けになっている。くちゅ、くちゅり、と唾液をまぶして指の根元まで舐める仕草が、あるひとつのことを彼に連想させるのは間違いない。

「やめろって――澤村、……頼むから……」

「いやなら俺を突き飛ばしていきなよ。それで叫べるもんなら叫んでみな。変態の澤村が指を舐めたから俺は感じてしまいました、って言えるならさ」

硬い爪の表面も感じるのだろうか。しばらく彼の押し殺した声を聞きながらちろちろと舐めていたが、背後から射し込む陽《ひ》のひかりにふと気がつき、最後に指の付け根をがりっと強く咬んでから立ち上がった。

「あのさ、今日、あんたの部屋に行っていいかな」

「……嫌だって言ったところで押しかけてくるんだろう」

「まあね。週末なんだからいいじゃん、別に。もう少しあんたのことが知りたいってのもほんとうなんだしさ」

「好きなだけ言ってろよ」

勝手極まりない態度に嫌気が差したのか、水嶋は濡れた指をチノパンで拭いながら扉に向かうが、ノブに手をかけたところで振り返った。

「鍵、渡しておくから先に入ってろ。俺は遅くなる」

放り投げられた銀色の鍵は空中で放物線を描き、きらりとかがやく。それをキャッチして、澤村は笑った。

「あんたもとことん変なひとだね。俺に夢中になるなんてさ」

「おまえも変だろ。ストレートのくせに俺なんかにつきあってんじゃねえよ」

いつになく乱雑な言葉遣いの水嶋の口元は、自嘲《じちょう》気味につり上がっていた。

もらった鍵を用心深くポケットの奥に突っ込んで部署に戻ると、机にメモが置いてあった。出版社に出かけた瀬木からの伝言で、「今晩の合コンはどうします?」と書かれている。

薄っぺらい紙片を一瞥《いちべつ》して、くしゃくしゃと握り潰したあと、足下のゴミ箱に放り込んだ。

少し前までなら、新しい女と知りあうチャンスが待つ合コンの予定を忘れることなどなかったのに、水嶋と出会ってからは都合のいい健忘症になってしまったようだ。

「悪いけど今夜はキャンセルさせてくれ。この埋め合わせは今度かならず」

メモに走り書きして隣席のパソコンに貼《は》り付けた自分自身、次の埋め合わせがいつになるかはさっぱりわからなかった。昔からそうだ。なにかに夢中になるとほかのことがまるで見えなくなる。

腕時計に視線を落とせば、十八時過ぎ。仕事を切り上げるには少々早いように思えたが、家主がいない部屋をじっくり見られる機会はそうそうない。

電車を乗り継ぎ、水嶋のマンションに迷うことなく辿り着いた。前に訪れたとき、結局一晩泊まって朝方に帰ったことで、駅までの道のりをしっかり覚えていたのだ。

エントランスを抜け、七階の部屋の扉を開いた。物音ひとつしない室内には、薄い西日が射し込んでいる。そういえば、今日がちょうど夏至だ。一年のうちで昼間がもっとも長く、夜が短い日。ベランダに通じる窓を開けると、気持ちのいい風が入ってくる。

ジャケットをソファに脱ぎ捨て、澤村はあたりを見回した。このあいだも思ったことだが、広い面積のわりにはものが少なすぎる部屋だ。最新式の大型液晶テレビとステレオ、革張りのソファとローテーブル以外に目立った家具はない。

帰りが遅いと言っていたことを思い出し、勝手に風呂にでも入らせてもらうかどうしようかと考えながら、あちこちの部屋をのぞいてみることにした。

キッチンは興味がないからパス。風呂場はこのあいだ、シャワーを浴びたときに見た。個人が住むマンションで、ガラス扉のついた風呂場なんて初めて見たとびっくりしたことを覚えている。あんなものはホテルにしかないものだと思っていた。

寝室もシンプルなもので、ダブルサイズのベッドが部屋の中央に置かれているだけである。シーツも、足下に寄せたタオルケットも乱れていない。空間を贅沢に使ったレイアウトにふんと鼻を鳴らし、次の部屋に向かうことにした。

寝室並びにある部屋はどうやら仕事部屋のようで、それまでに見た、がらんとしたリビングや寝室とは打ってかわった密度だ。十畳ほどの室内は壁一面が作りつけの本棚になっており、天井から床までぎっしりと本が詰め込まれている。どんな本を読んでいるんだろうかと試しに一冊抜き取ってみると、海外の絵本だった。やわらかな色彩と簡単な英文に、知らず知らず頬がゆるんだ。渋面の水嶋が絵本を読んでいるところを想像したら、可笑《おか》しかったのだ。絵本の隣は、ドイツ語で書かれたらしき小説。その隣には澤村も翻訳ものを読んだことがあるベストセラーのペーパーバック。日本の小説もずいぶん並んでいる。どれも相当読み込んでいるという証拠に、表紙の角が軽く折れたり、年数が経つことによる自然な日焼けをしていた。

窓に面して置かれた机には液晶モニタがぽつんと置かれ、そばにはカラフルな丸い板がはめ込まれたプレートが立てかけられている。

「なんだ、これ……」

手にしたプレートは木製で、直径五センチほどの丸い板もすべて木でできている。赤から青へとグラデーションする板は全部で五十枚近くもあるだろうか。それを自由にプレートの中で動かすことができ、簡単なモチーフなら板を使って絵が描けそうだった。

澤村は椅子に腰を下ろし、机上に板をばらまいた。

緑系の板と赤系の板を組み合わせて、花を描く。バランスの悪さに苦笑して、もう一度板をばらまき、今度は稚拙な車をつくった。空に浮かぶ雲をつくってみたり、屋根が大きすぎる家をつくったりして小一時間を過ごした。次はなにをつくろうかと板を手のひらで転がしていると、机の隅に置かれた丸い筒状のものが視界に入る。

なんだろうと手に取り、あれこれいじっているうちに万華鏡なのだとわかった。

「へえ、いまどきこんなものがあるんだ……」

天井の灯りに向けてくるくると回す万華鏡は、カットされたガラスにプリズムを反映させ、極彩色の世界を描き出す。

赤、青、黄とたった三つの色がひかりにあたると、なぜこうもきらきらと美しく見えるのだろう。目を細めて万華鏡を眺める澤村は、いまもまだ会社で仕事に励んでいるだろう男を思い浮かべてくすりと笑う。

パソコンやモニタ、ステレオなどはさすがトップクリエイターのことだけはあるとうなずかせる最新鋭のものばかりなのに、絵本に万華鏡ときたら彼の先鋭的なイメージがどんどん崩れていく。

それがまた、悪くなく思えるから自分でも困るのだ。

鋭い部分とやわらかな部分が混在していて、やっぱり変な男だと笑い、椅子をくるりと回した。

本棚の一画は、めずらしい万華鏡で埋め尽くされていた。そっと手に取るのも怖いぐらいに精密なつくりをしている嗜好品《しこうひん》は、もしかしたら一品ものかもしれない。

こういうものにも、デザイナーズブランドがあるのだろうか。長い筒は手描きのペインティングが施されたもの、粗い布に刺繍《ししゅう》がされたもの、和紙をちぎって丁寧に張り込んだものもあった。普通の筒型だけではなく、ミニチュアの天体望遠鏡を模したものや、鳥の巣箱をイメージしたものもあり、外観からしてすでに芸術品の域に達している精巧さだ。中をのぞけば、先ほどのきらきらした光景を上回る、目にもあざやかな色の奔流が澤村を虜《とりこ》にする。

水嶋が万華鏡の蒐《しゅうしゅう》集家《か》だとは知らなかった。ちいさなのぞき穴はひとつひとつが違う色を持ち、幾千万もの世界を楽しませてくれる。

きらきらの素であるオブジェクトを入れ替えて楽しむことができる万華鏡もあり、澤村は一時、ここが水嶋の部屋であることを忘れて万華鏡遊びにふけった。だから、近づいてくる足音にもまったく気づかなかった。

「気に入ったのか、それ」

ふいに聞こえてきた声にぎょっとして振り向くと、いつの間にか開きっぱなしの戸口に水嶋がビニール袋を提げて立っている。袋のあちこちがごつごつしていることから、中には缶ビールが入っているようだった。

ばつの悪い思いを押し隠し、澤村は「早い帰りじゃん。もっと遅くなるかと思ってたよ」とうそぶいた。

「おまえに部屋を荒らされたら困るから早く切り上げてきた」

「なにもいじってないよ。俺って信用ないね。それよりも、これなに？　あんた万華鏡を集めるのが趣味なの？」

訊ねると、「ああ」とうなずいた水嶋が机にビニール袋を置き、筒型の万華鏡を取り上げる。

「数年前にE3でアメリカに行ったときに買ったのが最初だったかな。あっちじゃ芸術品のひとつとして認められていて、作家も多くいるんだ」

「へえ、そうなんだ。俺は土産物屋の隅で埃《ほこり》をかぶってるのしか見たことがないよ」

エレクトロニック・エンタテインメント・エポック、頭文字の三つのEを取って通称E3と呼ばれる世界的な一大アミューズメントゲームショウは、毎年ラスベガスで開かれる。アメリカの企業はもちろんのこと、澤村が勤めるナイトシステムをはじめとした日本のゲームメーカーもこぞって出展し、新商品を展示するのだ。

水嶋が日本を代表するクリエイターとして毎年参加していることは、澤村もむろん知っていた。彼ぐらいの立場になればネームバリューは世界的なものとなり、次にどんな作品をつくるか、どんなコンセプトなのか、その次にはなにをつくるのか、果てはどういう性格でどこに住んでいるかという個人的な動向も常に注目されている。

常識で考えれば、一介のサラリーマンがこうして気軽に軽口をたたける相手ではないのかもしれない。だけど、彼は同じ会社の同じチームにいるのだし、いまのところ澤村にとってはもっとも興味のある人物だ。幸いなことに、相手もそうだということを知っている。だから、態度をころりと変えてへつらう必要はなかった。

「これは自分でつくったんだ」

水嶋が取り上げた丸い筒に、澤村は、「マジ？　すげえな、指先が器用なんだ」と無邪気に賞賛した。

筒の外側は薄い青と紫のマーブル模様が描かれた薄い紙が貼り付けてある。どう見ても市販のものではなく、ごわごわした感触からもたぶんハンドメイドなのだろう。ところどころ、わざと皺を寄せているのがポイントになっている。さらには、細い銀のリボンが複雑に絡みつき、紙粘土かなにかでつくった葉や花びらしきものも貼られたうえに、のぞき口付近にはちいさなてんとう虫がくっついていた。

「まさか、このてんとう虫まであんたがつくったの？」

「ああ、背中の点々を描くのが結構大変でさ。終わったときには目の奥が痛くなってた」

少女趣味の極致とも言えそうな代物をためつすがめつ眺め、澤村は苦笑する。

「やっぱり可笑しいか」

そう言う水嶋の声もどことなく笑いを含んでいる。

「十分可笑しいよ。サバイバルホラーゲームの旗手として騒がれてきたあんたが、じつは家でちまちま万華鏡をつくってたなんてさ。ファンが知ったら泣くよ」

「別にいいさ、泣かれたって。俺はこういう細かい作業が好きなんだ。そっちの丸い色板も俺がつくったんだ」

「これも？」

大げさな声をあげて、先ほど遊んでいた色板に目をやる。言われてみれば、どれもちょっとずついびつで、形がそろっていない。けれど、丁寧にサンドペーパーがかけてあって、手触りもなめらかだった。

「なにに使うものなのか、さっぱりわからなかった」

「とくに用途はないけど、仕事に行き詰まったときに色を並べて絵をつくるんだ。素人のカラーセラピーってところだよ。……澤村がつくったのは、これは家なのか？」

「……そうだよ、ちょっと屋根がデカすぎて安定が悪そうな家だけどさ」

「いいんじゃないのか。屋根に黄色を選ぶなんて、おまえらしいな」

「どういう意味」

「太陽をイメージした黄色を選ぶのは、意思が強いことを証明してるんだ。気分が昂揚していて、刺激をほしがってる」

ほら、とあざやかな黄色で塗られた板を手渡され、澤村は半信半疑だ。こんな色ひとつで、自分という人間が解き明かされるのだろうか。まったく信じられないというわけではないけれど、あながち嘘でもないかもなと思った。

水嶋だったらどんな色を選ぶのだろうと思って訊ねると、「緑がいちばん多い」と短い答えが返ってきた。その色にはどういう意味が隠されているのかと重ねて聞いたが、「忘れた」と素っ気ない返答をされ、話の矛先を変えることにした。

「売ったらいい値段になるんじゃないの。凝ってるつくりだしさ」

「商売にする気はない。ゲームで精一杯だよ」

おどけたように答えた男は、いつになくくだけている。澤村と一緒でも、自分の部屋にいるということが彼を穏やかにさせている要因なのだろうか。

「ビール、買ってきた。呑むか？」

「ああ、呑む」

こくりと頷いた澤村もまた、必要以上に彼を追い込む気にはなれず、冷えた缶ビールを受け取りながら、リビングに戻る水嶋のあとをついていった。

酒が入ると、水嶋《みずしま》はいつもより多少饒舌《じょうぜつ》になるらしい。これまで手がけてきた作品のプロモーションについて、澤村《さわむら》は訊《たず》ねられるままに答えてやった。

「最初からうまくいってたわけじゃないんだな」

「そりゃそうだよ。俺としてはみんなの度肝を抜けると思ってたんだけどさ、奇抜すぎてコケちまった。当然、その頃の上司にはこっぴどく叱《しか》られたよ」

酒を呑みながらつらつらと思い出すのは、入社まもない頃に張り切って担当した作品だ。当時、人手が足りなかったことも手伝って、新米の澤村にも早々に仕事が舞い込んできた。

必要なデータをきっちりそろえ、奇抜なアイデアを打ち出せば俺の株も急上昇、とほくそ笑んでいたが、やはり新人ならではの陥穽《かんせい》に足下をすくわれた。

コンピュータが打ち出したデータだけを重視して、実際のユーザーの存在を無視して押し切ったのが敗因だった。街に出ればひとびとの目を惹くだろうと思いこんでいた広告も、いざ出してみれば、世間の評価は低く、「変なポスター」だの、「パッとしないCMだよね」だのと散々な結果に終わったのだった。

「でも、ちょっとのことじゃめげないのが俺の長所だからね。あれ以後はちゃんとユーザーも焦点に入れた宣伝をこころがけてるよ」

「案外殊勝なんだな」水嶋は笑って、三本目のビールを手にする。「でも、いいこころがけだ。

俺も若いときは自分の考えることがいちばんだと思って譲らなかったから、何度もやり込められたし、企画もずいぶん没を喰《く》らってるよ」

「そうは見えないけど……。雑誌の記事を見てると、これまで順風満帆にきてた感じじゃん」

「それはあくまでも表向きのイメージだろう？　インタビューのときに俺はほんとうのことを言ってるつもりだけど、マイナー時代のことは出版者側や前の会社の広報が削っちまうことが多かったから、あまり知られてないだけだよ」

「じゃ、今度そういう話が出たら、全部出してやるよ。あの水嶋弘貴《ひろき》にも不遇の時代がありましたって、ユーザーにバラしてやる」

「楽しみにしてるさ」

ひとり用の椅子《いす》に深く腰掛け、オットマンに長々と足を伸ばした水嶋が、片目をぱちりとつむる。その粋な仕草《しぐさ》に、澤村は再び、あ、と内心で声をあげる。

水嶋は微妙に変化している。一緒にいるときは、やりきれないという顔をしていたことが多かったが、日ごとに――時間を追って変化していく。

俺といることが楽しいんだろうか？　慣れてきたんだろうか？

酒のせいでほんのり顔を赤くした男は、いままだいくぶんか緊張しているけれど、もっと時間をかければ話もたくさんするだろうし、表情もやわらぐだろう。

「水嶋さんの話が聞きたい」と言って、澤村は身を乗り出した。

どんなことを聞こうか、ちょっと考えてから、「いつから男が好きなの」と聞くと、水嶋はこころもち目を細め、「いつから、かな」と呟《つぶや》く。

ほんとうは、いつから俺が好きなのと聞きかけたのだが、直前で言葉をすり替えた。それを聞くのはまだ時期尚早だと思ったのだ。

「いつのまにか、っていうのがいちばん当たってる。……わりと衝動的なほうなんだ。おまえのことを気にするようになったのも、さして理由はない。誰かを想うときに理由なんてあまりないだろう」

静かな口調で、「衝動的」と言われてどきりとする。

まばたきを繰り返すたびに、水嶋の目は艶《つや》を増していく。そのことに、以前、数度寝た女のことを思い出した。ラブホテルのソファにふんぞり返り、化粧直しをしていた彼女は、チェックアウトが迫っているにもかかわらず、慎重な手つきでアイシャドウを塗っていた。

「面倒なことしないで、ぱぱっとつけろよ、ぱぱっと」と苛立《いらだ》った澤村が文句をつけたのだが、相手は顎《あご》をつんとそらすだけ。「いっぺんにやろうとすると濃く塗りすぎて失敗しちゃうの。少しずつ重ねるのがテクニックなんだから」とのんきなことを言っていたっけ。

だとしたら、彼のまばたきもテクニックのひとつなのだろうか。ちいさな刷毛《はけ》で色を足すように、少しずつ少しずつ熱を帯びていくようにして。

「でも、特定の誰かとつきあうってことはあまりない」

手首を揺らして腕時計を振り落とす水嶋に、澤村は首を傾《かし》げる。彼がはめているのはスイス製、コルム社のメテオライトだ。本物の隕石《メテオライト》をスライスしたものを文字盤に使用しているもので、澤村も以前から欲しいと思っていた時計のひとつである。

希少価値の高い時計をはめた男の憂鬱《ゆううつ》そうな顔に、衝動的だという言葉はあまり似合わなかった。このあいだの反応にしても経験が浅いことを証明していた。あれは演技ではない。

「恋人がほしいって思わねえの」

「どうかな」

水嶋は気のない素振りで爪を噛《か》む。

「……ほしいかもしれないけど、信用できないしな」

「相手のことを好きなくせに信用できないって、そりゃまたずいぶん勝手な話だね」

俺のことも？　問いかける声はこころのなかだけで、けっして現実になりはしない。

「男同士の場合、セックスすれば終わりっていう関係が多いんだ。マイノリティだから周囲に言うこともできない。その場かぎりの関係を好む奴のほうが絶対的に多いんだよ」

「でも、なかにはちゃんと続いてる奴らだっているんだろ」

「そりゃいるかもしれないけど、ごく少数派だぜ。俺みたいなのがいちばん中途半端なんだ。割りきってセックスを楽しむこともできないし、思いきってカムアウトすることもできない。だから、おまえとも寝たいとは思わないんだ」

「……そう、まあいいけどね」

適当な相づちを打ちながら、澤村は不可思議な感覚を味わっていた。

あんたが寝たいかどうか決めるんじゃない、俺に決定権があるんだと指を突きつけてもよかったが、なぜかそうする気にはなれなかった。

好きというよりも、もっと胸の奥深くに浸透する言葉で彼は近づいてくる。

割りきって楽しむことができない。だから、おまえと寝たいとは思わない。水嶋はそう言った。

その言葉を裏返せば、寝てしまえばけっして忘れられなくなるから――好きになってしまうから、ということだ。

ゲイからそう言われたストレートの立場としては、嫌な気分を感じてもおかしくない。なのに、彼をもっと知りたいと思う。

男同士なのだから、友情以外のなにかを求められても不毛なだけだ。そうとわかっていても、目の前の男を見ていると、からかうだけからかって翻弄《ほんろう》してやりたいというねじくれた気分がゆるゆるとほどけていく。

無表情のつもりでいるのだろうが、見方によっては拗《す》ねたようにも映る顔にそそられる。誘うような目つきをするくせに、いざ触れてみればぎこちない。

あとどれだけの顔を隠し持っているのだろう。見た目はスタイリッシュでクール、才能にも恵まれているのにそのじつとんでもなく不器用という、アンバランスな水嶋に触れたくて焦れてくる。

フィジカルな意味ではなく、こころの奥を探ってみたい。

楽しげに考えている最中に、シャツのポケットに突っ込んでいた携帯が突然鳴り出した。

水嶋の視線を感じながら届いたメールを確認してみると、昨日、クラブで会った女からだった。今夜も会いたいと書かれていたが、たかだか一度寝たぐらいのとおりすがりの関係に返事をする義務はない。さっさとそう切り捨てて二つ折りの携帯を閉じた。

「仕事じゃないのか？」

「違う違う。迷惑メールだよ」

せっかく水嶋の態度が軟化してきたいま、そこらへんの女と行きずりに寝ていることを知られたら面倒になりそうだったから、なんでもない顔をして話題を切り替えた。使い捨ての女よりも、水嶋を知ることのほうがよほど大事だ。

「あのさ、明日の土曜日って、なんか用事ある？」

唐突に訊ねてみると、水嶋も不意を衝かれた顔で、「え？」と聞き返す。

「いや、ほら、せっかくの週末だしさ。どこか遊びに行かないかと思って」

「……おまえと？」

「ほかに誰がいるんだよ」

疑り深そうな声をさらりとかわし、「海、行ってみようよ」と誘ってみた。

「サーフィンできる？　万華鏡づくりもいいけどさ、部屋ん中ばかりにいたらおかしくなるよ。なんだったら俺が教えてやるからさ」

「海っていったって、この時期じゃどこも混んでるんじゃないのか。学生の夏休みはとっくに始まってるんだし」

「いいところ、あるんだよ。俺が学生時代によく行ってた場所なんだけど、ひともあまり来ないし、海も綺麗だよ。それにさ、ほら」

点けっぱなしにしていたテレビの天気予報に向かって顎をしゃくり、「天気もいいみたいだし」とつけ加えた。

「だからって、こんなに突然……水着だってないし」

「そんなのいらないよ。別に泳がなくてもいいじゃん。ねえ、行こうよ」

「だからなんだってこんな急に」

腰の重い水嶋に、澤村は「ねえねえ」とねだり続ける。なぜまた、突然この男を海に誘う気になったのか、自分の手にもあまる気持ちをどう説明したらいいのか。

返事に窮した末にいきなり立ち上がり、水嶋の背後に回り込んでおもむろに抱き締めた。

「……澤村？」

期待をはずさず、びっくりした顔で振り向く男に軽くくちづけた。

「あんたと同じ。俺も衝動的なんだよ」

「なにを言ってるんだよ……」

呆《あき》れた顔をしようとして失敗している水嶋は、キスを嫌がっていない証拠に、文句を言いながらも腕の中でおとなしくしている。

一度こころを許した相手には甘くなるらしい。そうとわかると、急に年上の男に愛着が湧《わ》いてきて、羽交い締めにした状態でこめかみや頬《ほお》にキスを繰り返した。

まるでペットを可愛がるような仕草に、水嶋にも羞恥心《しゅうちしん》がこみあげてきたようだ。むりやり腕をほどいてこようとするのを察して、澤村はことさら甘く優しい、それでいてなんの意味も持たないキスを重ねていった。

「わかった、行くから。行けばいいんだろう」

怒った口ぶりに、ようやく澤村は満足して身体を離す。

「最初から行きたいって素直に言えよ」

「まったくおまえときたら……それで、どうやって行くんだ」

「どうやってって、当然車だろ」

「車なんかない」

まだ顔を赤らめている水嶋が、すげなく言い返す。

「俺もないよ。学生の頃から免許しか持ってないし、便利な都内に住んでて車なんか必要ねえもん」

「自信満々に言うな。俺なんか免許すら持ってない」

ふたりして顔を見あわせ、笑い出す前に水嶋がため息をついた。

「……仕方ないな、電車で行くか」

二十八と三十一の組み合わせにしては、やけにチープな週末旅行になりそうだ。だけど、楽しいと思う気分は目減りすることがなく、澤村をさらにはしゃがせる。

「よし、いま一時か。じゃ、朝九時頃に起きたらすぐに出かけて、電車に乗って、……あ、駅弁は絶対に買っていくからね」

「なんでもいい。おまえが決めてくれ」

　投げやりな調子で言う水嶋だが、楽しそうに見えるのはけっして気のせいじゃない。それに、あえて聞かずとも、今夜ここに泊まっていいという流れになっている。そのことも、浮かれる気分に拍車をかける一因だ。

「それじゃさ、風呂借りる前にもう一度キスさせて」

　勢いで背後から抱きつくと、今度は水嶋も反抗しなかった。それどころか、先ほどのキスが効いていたらしい。強引に顎を上向けると、わずかにたじろいだあと、彼のほうから顔を寄せてきた。

　毛並みがよく、気性の烈しい獣を手にしている気分は上々だ。飼い慣らされることを望んでいないだろうに、キスひとつでゆっくりと瞼《まぶた》を閉じる男に胸が騒ぐ。

　閉じた瞼にキスを落とし、重ねていくごとにたやすくとけていくくちびるに、澤村も軽く抱き締めることで応えた。

「澤村……」

　試すようなキスを繰り返しているうちに、水嶋の声も掠《かす》れてくる。澤村はかすかに笑って、「する？」と囁《ささや》き、開いた襟元からのぞく鎖骨に歯をたてた。

　薄くてなめらかな肌。自分と同じ、しっかりした骨組みを舌と歯で味わっていると興奮してくる。

返事はなくても、赤みを帯びていく耳朶《じだ》を見ればどうされたいと思っているのか、手に取るようにわかる。もったいをつけて胸を探ってからチノパンのジッパーに手を伸ばすと、息を吸い込む音が聞こえた。

誰かと触れあうのは気持ちいい。たとえ偽りの関係だったとしても。

そう思うかたわら、いまに歯止めが利かなくなりそうだと頭の隅でちらりと考え、澤村は慣れた手つきで水嶋のシャツを脱がしていった。

夏の海で真っ赤に日焼けした鼻の頭がなんとか元に戻った頃、澤村は出版社から出版社へと奔走していた。短い夏休みが終わり、盆休みも明けたとなれば、いよいよ秋のゲームショウに向けてひた走るだけだ。水嶋たちも昨日から、ショウに出展するためのサンプル版に専念している。

タイトルもようやく決まった。数週間前に彼と一緒に行った勝浦《かつうら》の海で、あれこれとひねりまわしたあげく、『ぼくらのおやすみ』という、なんともまあのんきな作品名になったのだ。それまでは、英文字タイトルでクールなイメージを打ち出していた水嶋作品とは百八十度違う新作に、メディアのみならず、一般ユーザーもびっくりすることだろう。それを想像して、横断歩道で信号待ちをしていた澤村は、ちょっとだけ笑った。

ひらがなばかりのタイトルを考えついたのは、水嶋だった。

日常を離れて、こころ優しくも、ちくりとした毒の潜む会話を楽しませてくれる住人のいるゲームの世界へ、休みに行く。そんな意味が込められたタイトルだ。

予定も決めずにふらりと出かけた先が、真夏の太陽が照りつける海だということもあって、水嶋も普段より神経がゆるんでいたのだろう。よく笑い、よく話した。

ひとびとが多く集まる海岸を避けて、サーフィン好きに評判の高いスポットのほうへと向かったとき、「海に来るのなんて何年ぶりだろう」と呟いた水嶋は、早々に靴を脱ぎ、波打ち際を歩きたがった。

そこで澤村は、そろそろちゃんとタイトルを決めなければという話を持ち出したのだ。

「ショウも近いし、タイトルが決まらないことにはインパクトにも欠けるしさ」

水嶋は「そうだな」と言って、チノパンの裾をまくりあげた格好で砂浜に座り込んだ。

「水嶋さんってさ、ちゃんと毎年夏休みって取ってるの？」

「ああ、一週間程度は休むよ。上が率先して休まないと、下の奴らだって休めなくなるだろう。……たいてい、家の中にばかりいるけど」

「どこか出かけりゃいいのに」

「そういう澤村はよく出かけるのか？　サーフィンをやるって言ってたもんな」

「このへんは学生時代からよく通ってたんだよ。日本にしてはいい波がくるしさ、結構人気あるスポットなんだよね。あっちのほうは」と澤村は、岩陰の向こう、多くのひとでにぎわう海岸に向かって顎をしゃくった。

「混雑してるんだよ、いつも。岩ひとつ越してくると一気に波が荒くなるんだけど、こっちのほうがのんびりできるんだよね」

そう言って、断りもなしに肩を引き寄せてキスすると、水嶋はやっぱりいつものようにびっくりした顔をしていた。

彼に触れることに、以前よりもこだわりがなくなっていたのは、澤村自身も胸の裡《うち》で認めていた。だから、その後も手をつないで砂浜を歩いた。

公衆の面前で手をつなぐなどもってのほかと考えていたのに、いまはそうするのが楽しくて仕方ない。「恥ずかしいからやめろ」と言い出したのは、こともあろうに水嶋のほうだ。

だけど、やめなかった。身体のどこか一部分だけでも触れていると妙にこころが騒ぎ、いつ誰に見られるかわからないといったスリルがとても気持ちよかったのだ。

脱いだ靴はそのまま置いて、あてもなく肩をぶつけあいながら砂浜をぶらぶらと歩いた。

近づいたり遠ざかったり。水嶋の感情は足下に打ち寄せる波に似ていた。三十一にもなる男を可愛いと評したら、一にもなく二にもなく頭をはたかれそうだったから内緒にしたとしても、センチメンタルな男だなと微笑《ほほえ》ましく思う気分はあとあとまで残った。

手をつながれるのが嫌ならふりほどけばいいのに、いつしか彼のほうから強く指を絡めてきていた。きっと、好きな男と手をつないだのも初めてに違いない。

彼にとっては大切な思い出になるんだろうと上の空で考え、「チーム内はうまくいってる?」と訊ねてみた。

「木内《きうち》さんと揉めたりしてないのかよ」

「なんだか喧嘩《けんか》になるのを期待してるような口ぶりだな」

泡だつ波に足をくぐらせ、水嶋は、「まあ、なんとかな」と続ける。

「正直なところを打ち明けると、結構参ってるよ。あいつのプログラミングは確かだから、俺としてはぜひこのままやってほしいんだけどな……なかなかうまくいかない。毎日三回はとおりすがりに嫌味を言われる。遅刻も多いし、打ち合わせを休むこともよくあるんだ」

「なんだあいつ、やることが腐ってるな。俺からガツンと言ってやろうか?」

「なんで澤村が言うんだよ。おまえが出てきたらよけいに話がややこしくなる」

そう言いながらも、水嶋はほっとした表情だ。

「本来なら俺自身がチームをまとめなきゃいけないから、誰にも言えなかったんだが……いまおまえに言えて、すっきりしたよ」

「そう、ならいいけどさ」

それじゃさ、と澤村はあっさり話題を変えた。

「あのゲームってのんびりしたイメージだよな。前の作品とは全然違うから、売れるかどうかかなり心配だよ」

「おまえもほんとうに遠慮を知らない奴だな……」

呆れた口調だが、水嶋は苦笑している。気分を損ねたわけではないらしい。

「売れる自信はあるんだ。そうでなかったら最初からつくらない」

濡れた素足にくっつく砂を払い落とす水嶋の恬淡《てんたん》とした態度が、以前なら傲慢《ごうまん》だとしか思えなかったのに、いまは多少なりとも感じ方が変化している。

趣味だとはいえ、あんなに緻密《ちみつ》な万華鏡をつくる男だ。クリエイターとしての必須《ひっす》条件である熱心さは十分に持ちあわせているうえ、センスもいい。見た目は地味でも、のぞいてみればきらめく色の欠片《かけら》が折り重なる光景に似た、水嶋ならではのこだわりがつまったものになるだろう。

「早くサンプル版、出してよ。ちゃんと遊んでみたい」

そう言ったときの破顔一笑した水嶋の顔を思い出しながら青信号に変わった歩道を渡り、目指す出版社のビルに駆け込んだ。約束の十四時ぴったりだ。

今後立て続けに巻頭特集を組んでくれる雑誌の編集者が、「お待ちしてました」と笑顔で出迎えてくれ、打ち合わせブースに誘ってくれる。

「今度のショウには出展されるんですよね。サンプル版の進行はどうですか？」

「いやもう、必死ですよ。今回はほんのさわり程度のものだから、正確に言えばアルファ版のちょっと進化したやつになるんですけどね。水嶋チームはショウまで寝ずの覚悟を決めてますよ」

軽口をたたきながら、写真素材と昨晩遅くまでかかってつくった書類を渡す。

ショウに出すのは、まだまだ製品として出すには精度が足りないアルファ版だ。いまの時点でも遊べることは遊べるが、途中で固まってしまったり、プログラムミスによるバグも多すぎるしと、全体的な調整が取れていない。

ショウは十月後半。それまでに、五分程度のプレイなら可能という状態にまで仕上げるのが、今後約二か月の勝負にかかっている。

開発に直接タッチしているわけではない澤村にできることといえば、こうして各出版社をこまめに訪ね、一ページでも半ページでも多く水嶋作品のために割いてもらうことだ。幸い、宣伝のために使える金は相当額が支給されていたから、積極的に広告ページを入れてもらうこともした。秋以降は、一斉に全チャンネルでテレビCMを流す予定である。

出版社のほかにも、ゲームを扱うショップへの挨拶《あいさつ》回りがある。毎月数え切れないほどのソフトが売り出されるだけに、少しでも目立つ場所に水嶋の新作を置いてもらうよう頼む必要がある。うまくいけば、特設ブースをつくってもらえることもあるのだ。

昼間はたいがいどこかに出かけており、夜ともなれば編集者やショップの店員たちと呑みに行くことが多い。

呑むのが好きなほうだから、誘われるのは苦にならなかった。相手も、話題の店を知っている澤村と呑みに行くことを楽しみにしていると知っている。だが、それも連日となれば、さすがに身体が悲鳴をあげてくる。追い込みの時期に入ると、平気で一か月近く会社に泊まり込む開発チームとは比べものにならないが、プロモーションもそれなりに気力と体力を消耗する仕事だ。

昨日も三時間程度しか眠れなかった。油断するととろけそうな瞼をこすっていると、編集者が、「澤村さん、今夜どうですか？」とにやにやしながら誘いをかけてくる。

確か、この編集者は大のキャバクラ好きだったはずだ。頭の中のデータをひっくり返し、最近できた新しい店を次々に思い浮かべながら、澤村は笑顔で頷く。

「もちろん空いてますよ。六本木《ろっぽんぎ》のほうに新しい店できたの、知ってます?」

「いや、最近はもっぱら新宿《しんじゅく》ばかりで、あっちには行ってないんですよね。ぜひ連れてってくださいよ」

「いいですよ。じゃ、俺、ほかの会社を回って七時頃にもう一度寄りますから、そのときにでも」

澤村はにこやかに答え、「それじゃまたのちほど!」と編集部をあとにする。今日あと二か所回る予定で、先を急がねばならない。

ほんとうのことを言うと、今夜は水嶋の部屋に行くと約束していた。むろん、彼のほうから誘ってきたのではない。いつも澤村のほうから強引に約束を取り付け、押しかけている。だが、いざ会ったところで寝るわけではなかった。せいぜい身体に触れたり、キスする程度だ。

新鮮な反応を見せる男をからかう気持ちはまだいくらかあるけれど、いまの関係を壊してしまうのが忍びないだけに、無理にやらなくてもいいかと思うのだ。性欲を処理するだけなら、今夜みたいに呑みに行くついでにその手の店に寄ればいいだけのことだ。

禁欲するなんて一度もしたことがないから、水嶋とのことが始まってからも週に一度はどこかで誰かを抱いていた。当然、彼にこんなことはいちいち言っていない。同性である彼と特別な関係を築いているわけではないと思う反面、部屋に入り浸る仲になっても、相変わらず女と寝ていることを知られるのは嫌だった。万が一知られてしまえば、一悶着《ひともんちゃく》起こるに決まっている。

数か月のあいだ、水嶋を見てきてわかったのが、非常にストイックで一途《いちず》な面を持っているということだ。

クリエイターとはかくあるべきか。水嶋は作り手ならではの意地としたたかさを抱えていると同時に、臆病《おくびょう》なこころと脆《もろ》さを持ちあわせている。

作品についてはいっさいの妥協を許さないのに、人間関係、それも恋愛沙汰《ざた》となると、とたんに後ずさりしてしまうようなところがある。

赤の他人を受け入れるまでには、相当の葛藤《かっとう》があるのだろう。過去、つらい恋でもしたのだろうか。男を好きになってしまうという性癖を持つ以上、相応の苦労はありそうだ。

そういう性格ゆえに、胸の裡を明かした相手として、自分だけには気を許しているのだと澤村は信じて疑わなかった。

女相手に派手な浮き名を流したとでもいうなら、酒の肴《さかな》として根ほり葉ほり聞いてみたいけれど、水嶋の場合はそうもいかない。ゲイの過去話にへたに触れてしまったら、厄介なことになるのは目に見えている。だいたい、彼はいま、自分のことが好きなのだ。はっきりとそう告げられたわけではないけれど、まあ間違いないだろう。

水嶋と今後どうするか、澤村としては真剣に考えられなかった。あくまでも彼は同性で、仕事の上司だ。

男を恋愛対象として考えるなんて、あまりにも馬鹿げている。もしこの微妙な関係を他人に知られでもしたらと思うと、曖昧《あいまい》なままにしておくのがいいんだと、保身的で姑息《こそく》な計算が働く。

いつか、水嶋も諦《あきら》めて、ほかの男に目を移すときが来るかもしれない。しかし、そうなればなったで気分を害する自分が予想できて、なかなか踏ん切りがつかなかった。

恋愛関係を築くでもなく、かといってきっぱりはねつけるわけでもない。中途半端なスタンスが水嶋には酷《こく》なのだとわかっていても、澤村は決定打を与えなかった。

次の出版社へと向かうために地下鉄の駅に向かいながら、あの男のことをちょっとは好きなんだろうかと考えてみる。この場合の「好き」というのは同性に抱く自然な敬愛とは異なり、水嶋の抱くそれ同様、鋭さと生々しさをあわせ持った恋心のことである。

答えはすぐに出てこない。

脆いものを持っているくせに、強がっている水嶋を眺めているのは楽しい。最初にキスしたときのうろたえた顔や、抱いたときの感度のよさが自尊心をくすぐるのだ。

遊び慣れていない男の精一杯の見栄は、澤村をいちいち笑わせる。

あと、どれぐらいこんな関係が続くのだろう。できれば、もう少し楽しみたい。

澤村は身勝手なことを考えながら、今夜の約束をキャンセルするメールを打つためにジャケットの内ポケットから携帯電話を取り出した。

今夜呑みに行くことになったから、部屋には行けない。

短い文面を読み直して、送信ボタンを押す。これで三回目のドタキャンだ。一方的なキャンセルは空中を飛び交う電波に乗って数秒後に水嶋のもとへと届き、勝手な奴だ、とぼやかせるのだろう。あるいは、こめかみに青筋をたてて怒るかもしれない。

そうなったらなったで、彼のうなじにちいさなキスをいくつか落とせばいいだけのことだ。それで簡単に仲直りできる。

このあいだも、なんの約束もなしに水嶋の部屋に寄り、あと一歩踏み外したらどうにもならなくなるというきわどいところまで触れあった。

部屋を訪ねた時間が遅かったから、水嶋はちょうど寝ようとしていたところだったらしい。Tシャツ姿で眠そうな顔をしていた水嶋がキッチンにビールを取りに行った際、急にその気になった澤村は彼を背の高い冷蔵庫に押しつけ、シャツを引っ剝がした。むろん、突然のことに水嶋は「いい加減にしろ」と怒ったが、ねっとりと臍《へそ》や腰骨のあたりを這《は》う舌にとうとう負けて、最後には澤村の髪を強く摑んでくちびるを嚙み締めていた。そのまま床に倒れ込んで互いに昂《たか》まっていたそこに手を伸ばし、深くくちづけあった。

　相変わらず水嶋はちょっとしたことでも過敏に反応し、澤村が押さえつけるたびに、むきになって逃れようとする。その直後に、いきなり澤村のうなじを摑んできて、ふたりのあいだで揺れ動いている快感を奪い返すような激しさでくちびるを重ねてくるのだ。そうされることで、どっちの力が勝っているのかわからなくなるというのにも、征服欲を駆りたてられた。

　クーラーで室内がひんやりしていても、彼と重なっている部分は熱かった。

　この頃の水嶋は以前よりも、もっと素直に応える。澤村がふざけて足の指を一本一本口に含んで丁寧に舐めると、顔を歪ませながらもはっきりと感じていた。

「足の指まで感じるなんて、あんたおかしいよ」と囁いたら、本気で蹴られそうになった。とくにやわらかな土踏まずのあたりが感じるらしいと知った澤村がそこをしつこく愛撫すると、しまいにはうっすらと涙まで浮かべていた。

「……ほんとに、やめろって……、いきそうだから……」

　しゃくりあげるような喘ぎを、あのときの自分はどんな気持ちで聞いていたのだろう。表面上は泰然と構えながらも、身体中が引き絞られるような快感に振り回されていたはずだ。ゆっくりと理性がねじれ、うつろになっていく水嶋の目をのぞき込み、自分に対する欲望があるかどうかを探すのに懸命になっていたようにも思う。

「何度でもやってあげるよ。次は口でしてやるからさ」

澤村は言ったとおりのことをしてやった。水嶋が必死で拒むのも取りあわずに。

ぐったりする男の身体を背後から抱え、再びそこが力を取り戻すまで淫らな言葉を際限なく言い散らしたりもした。

「ほかの男とはあんたが上だったの？　それともこんなふうにされてたわけ？」だとか、「俺と会ってないときはひとりでやってんの？」だとか、「今度あんたが自分でするところを見せてよ」だとか、愚にもつかない言葉の数々に水嶋は身悶えながらも、どれひとつとして答えなかった。

「いつか会社でやってやろうか。あんたの部屋だったら誰にもわかんないよ」と言ったときは、さしもの水嶋も一瞬だけ真顔に戻り、「そんなことやったら本気で殺す」と返してきて、澤村をいたく笑わせた。

女を抱いているときにはけっして味わえないような深度の深い熱にはまっているのは、もしかしたら自分のほうではないだろうか。

澤村は力なく床を蹴《け》る音としゃくりあげるような喘《あえ》ぎにそんなことを考えていた。

のぼせあがるあまり、フローリングの硬い床に押さえつけられている男が受ける痛みにも構ってやることができなかった。

達した直後の水嶋からは常日頃のかたくなさが消え、毅然《きぜん》とした眼差しもぼうっとしていた。呼吸の荒い彼を抱き締めて横たわっていると、澤村自身がおかしくなりそうで、いつも自分のほうからさっさと身を引き、後始末に専念することにしていた。

いっそのこと、あのまま彼を抱いてしまってもよかった。だけど、そうするにはやはり度胸が足りなかった。キスやフェラチオだけの関係ならいくらでも引き返すことができるけれど、最後までいってしまったらそれも難しそうだ。

男同士なんだから、七面倒くさいことを考えずにやっておけと思っても、少しずつ真剣味を帯びていく水嶋の視線を受けると、まずいかもしれないと及び腰になるのだ。だんだんと深みにはまっていく自分を否定したい気持ちも、そこにはある。

ものごとはすべてアバウトでイージー・ゴーイング。主導権は言うまでもなく、選択権だっていつも自分にあった。思いどおりにならなかったことなどなかったのに、水嶋とのことを一気に踏みきる自信がないのがどうしてなのか、自分でも説明がつかなかった。

いまの自分は水嶋のいちばん近くにいて、仕事場での見事な采配ぶりも、どこにどう触れれば感じるかという秘密も知っている。

さらに追いつめれば抑制が効かなくなるかもしれないその姿を見たいという気持ちと、いい加減やめておけ、手を引けという気持ちが常に同居している状態だ。

　相手の一挙一動から視線をそらさず、狙《ねら》い定めながらもこころの裡をさらけ出す間際で踏み止まっている。不用意に動けば一触即発の状態にあることはわかっていた。水嶋も、自分も――どちらにしても本音を押し殺し、火花を散らしながら微妙な関係を続けている。

　正直に言えば、見慣れた媚《こ》びを浮かべてしなだれかかる女よりも、水嶋といるほうがずっといい。一緒に海に出かけて以来、それまで仕事のことしか話さなかったのに、ずいぶんといろいろなことを話すようになった。週に三度は彼の部屋を訪ね、なにをするでもなく、ただのんびりと話して簡単に触れあい、泊まっていくのが、ここ数週間のなかで自然な流れになっていた。

　最近読んだ本、好きな映画を互いに話した。一度は万華鏡をつくってみたいと言い出し、水嶋は目を丸くしていたが、気を悪くしたふうでもなく、簡単なパターンのものを一緒につくってくれたこともあった。そのときつくった万華鏡は、自宅のベッドヘッドに飾ってある。

「あの休みでだいぶリフレッシュできた」と彼が楽しげに言っていたことからも、近場への旅行がきっかけとなって『ぼくらのおやすみ』というタイトルが生まれ、互いの距離が縮まったのは確かである。

　歪《ゆが》んだ形で始まったにもかかわらず、中学生みたいにキスとセックスの真似事《まねごと》を繰り返すだけに留めている。ふと気がつくと、せっぱつまったような視線を感じることもあったが、澤村はたいてい知らないふりをしていた。

仕方ないよな、今夜呑みに行くのだって仕事のうちだ。だいたい、俺たちは男同士なんだし。地下鉄のホームで、轟音《ごうおん》とともに入ってきた電車に乗り込み、澤村は窓に向かってひとり呟く。地下深くを走る電車はトンネルに差しかかり、視界を素早く横切っていく構内の灯りがフラッシュのようにまたたく。

前からうしろへと流れていくひかりの筋が描く奇妙な残像に目をこらし、扉にもたれた。暗い抜け道を駆けるのにも似たこの関係が、どこに向かうのかわからない。自分でも、どこを目指しているのかわからない。

きわめて不安定な関係をおもしろがっているのは自分だけだと、澤村はとうに気づいている。いつか、彼をほんとうの意味で追いつめてしまうだろうともわかっていてなお、現状を維持しようとしていた。まだ大丈夫だと、高をくくっていたのだった。

澤村の楽観的な考えは、北野《きたの》の思いがけない報告によって木っ端微塵《みじん》に打ち砕かれた。

「その話、ほんとうなのか?」

「ほんとうです。それでいま、水嶋さんとプログラマーさんたちが緊急会議を開いているんです。僕はグラフィック担当で手伝えることがないから、今日のところは帰っていいって言われたんですが、心配で……」

「参ったな……、こんな時期にバグが見つかるなんて計算外だ」

不安そうな面持ちの北野に、澤村も天井を仰いで嘆息するしかなかった。

ほぼ八割まで仕上がっていたアルファ版に致命的なバグが発見されたという一報は、開発チームの盛り上がりを削ぐのに十分な効果を持っている。仕事の帰り際、企画部に立ち寄って衝撃的なニュースを伝えてくれた北野ががっくりと気落ちした顔をしているのも無理はなかった。

バグとは、ゲームの開発上でかならず発生する落とし穴のようなものである。システムを動かす基となるプログラムを書くとき、間違った記述を埋め込んでしまうことで、シナリオが正しく進まなかったり、画面が正常に表示されなくなったりする。コンピュータは人間の打ち込んだプログラムを忠実に受け取るので、ひとつでもミスソースを書けば、ゲーム全体に影響を及ぼし、途中で止まってしまうといった混乱を引き起こすのだ。

どんなソフトでも、完璧《かんぺき》な機械にはなれない人間がプログラムを書く以上、バグは絶対に生じるものだ。そういうわけで、どこのソフトメーカーでも、開発後期はバグ発見のために膨大な人員を投入し、対応にあたるのが当たり前となっている。

まれに、バグを完全に取り除けないまま製品となって市場に出回るソフトもあるが、のちのちのサポートに悩まされるうえ、メーカーとしての信頼も地に墜ちてしまう。

澤村も気が気ではなかった。グラフィッカーの北野によれば、主人公の少年を自宅に入らせようとすると、とたんにシステムダウンしてしまうらしい。

「あの場面はどうしても入れなきゃまずいんですよね。村で自分の家を構えるっていうのがこのゲームの基本だし」

「水嶋さんは？　どうするか言ってたか。ショウまではあとひと月もないぜ。正味二十日間ってところだ。正直なところ、いまから間に合うのか？」

「難しいです。バグが見つかったのは今朝で、それからずっとプログラマーさんがチェックしてるんだけど、怪しい部分が多すぎて」

「なんでまたこんな時期に……」

隣で話を聞いていた瀬木《せぎ》も、神妙な面持ちで呟く。

水嶋の作品が出なくても、ショウ自体はなにごともなく敢行されるだろう。ライバルメーカーにとってはこれ幸いというニュースだろうが、ナイトシステムのイメージに著しい傷がつく。

待っているユーザーを失望させたくないと、いつかの水嶋は言っていた。澤村の胸に棲《す》む男は出会った頃の鋭さをとうに失い、綺麗な角をいくつも持ったきらきらした色の破片になっていたが、それでも、彼が長年抱き続けてきた信念をそう簡単にひるがえすとは思えない。たぶん、と前置きせずとも、水嶋は今夜から寝ずのチェック態勢に入るはずだ。

「水嶋さん、明日プログラマーの補給を伊藤《いとう》さんに頼むって言ってました」

「そうか……。うん、わかった。俺もあとで様子を聞いてみるよ。とにかく北野はゆっくり帰って寝ろ。あとは水嶋さんたちがなんとかしてくれるからさ」

「はい。……あの、水嶋さんにお役に立てずにすみませんって、伝えておいてください」

「大丈夫ですか。気をつけて帰ってくださいよ」

睡眠不足の目をしばたたかせて立ち上がった北野を送り出すため、瀬木が立ち上がる。

彼らのうしろ姿を眺め、澤村はパソコンのモニタを見続けたことで痺《しび》れてきた瞼を閉じた。

まさか、ショウ開催のぎりぎりになってこんなことが起こるとは。

北野にはああ言った手前、プログラムに潜んだバグを発見することは容易じゃないと澤村も知っている。主人公が家に入るシーンは確かにはずせないものだし、水嶋としても動揺しているだろう。

とにかく一度会って、今後どうするのか聞いておきたい。

ショウには間に合うのだろうか。いや、なにがなんでも間に合わせてもらわねばならない。

広報の立場としてはぜひとも聞いておくべき点だが、それもため息をつかせる理由である。いくら水嶋でも、予期せぬアクシデントに遭遇すれば滅入るはずだ。相当のダメージを受けているだろうというのは、容易に想像できた。

バグの発見方法はただひとつ。気が遠くなるほど長く書かれたプログラムソースをしらみつぶしに探していくしかない。頭がおかしくなるほど根気の要る作業だと聞いているだけに、彼の体調も気にかかった。

ふと思い出してみれば、約束を突然キャンセルした夜を境に彼の部屋に行くこともしていなかった。

こっちはこっちで連日連夜、仕事相手の出版社や小売店の接待に飛び回っていた。けっして遊んでいるわけではないと己に言い聞かせるものの、忙しさにかまけて、あの晩以後に届いたメールに返事を送ることさえしなかったのだ。

メールの内容はたいしたものではない。「今週は来ないのか」という一行メールだ。

彼にしてみれば、突然押しかけられても困るだけだから、あらかじめ確認しておきたいのだろう。わざわざ返答しなくても、行かないという返事の代わりになると勝手に思い込み、放っておいたのはまずかったかもしれない。

社内では頻繁に顔をあわせていたが、プライベートな会話はいっさい交わさなかった。ふたりきりでいるときはくつろいだ顔を見せる水嶋も、仕事の場ではディレクターという立場を貫いていた。だから俺も仕事に専念していた——と考えて、澤村は軽く頭を振った。

いまのは言い訳だ。いつも自分の気持ちや予定を優先して、彼がなにを考えているかを想像することもなければ、気遣うなんてこともしなかったのだ。

もともと遊び好きで女好きの自分としては、接待にかこつけて行きずりの女を誘っては簡単に寝ることを繰り返していた。とはいえ、どの女も水嶋に比べればてんで手応えがなく、二度と会う気が起こらなかった。

接待には瀬木が同行していることも多く、よく部署内でも下世話な話で盛り上がっていたから、澤村の不実な日常が水嶋の耳に届いていたとしてもおかしくない。

バグなどなく、ものごとすべてがスムーズに運んでいれば、こうも些細《ささい》なことを気に病む必要はなかったのに。

もしも、水嶋がどうしようもなく落ち込んでいたら。澤村は一旦《いったん》点けた火が消えかかっている煙草に、再びライターの火をかざす。

バグのせいもあるだろうけど、俺のせいでもあるんだろうな。

黙って煙草を吸う隣で、北野を見送って戻ってきた瀬木がやはり無言でパソコンに向かっている。不測の事態に彼も動揺し、澤村の判断を待っているのだろう。

いますぐに水嶋を訪ねるのはやめておいたほうがいい。おそらく、今後の対策について、スタッフたちと検討しあっているだろうから。

明日、マンションのほうに直接訪ねてみよう。明日だったら、アルファ版をショウに出せるか出せないかというあたりも、見当がついているはずだ。

実際、どのあたりまで水嶋のことを案じているのか、澤村は自分でも見極めがつかなかった。口に出して、「あんたのことが心配なんだよ」と言えるほどの仲ではない。

そう言ってしまうことで、常識を踏み外してしまう気がしてならなかったのだ。

もちろん、この場合の常識とは、男と擬似的な恋愛関係を築くことに白い目を向けるという、世間一般と足並みをそろえたものであり、水嶋に惹かれているかもしれないという可能性を頭から打ち消すものである。

いかにつまらない常識に縛られているか、澤村はあらためてため息をついた。

生まれて初めて、自分という人間に嫌気が差した。自己を否定する経験がないだけに、やりきれなさが募る一方だ。

こうなったら、四の五の考えている暇はない。明日と言わずに、いますぐ水嶋に会うべきだ。

「水嶋さんに会って話を聞いてくる」

やにわに立ち上がった澤村に、瀬木が即座に振り返り、「わかりました」と頷く。

「……大事にならないといいんですが」

不安そうな声に、「あまり心配するな。こういうトラブルはよくあることだ」と返す澤村自身、見えない波に足をさらわれるような感覚に襲われていた。


二十一時を回った五十六階は物音ひとつしなかった。今夜はどこのチームも早々に仕事を切り上げたのだろうか。いつもならドア越しに話し声のひとつやふたつ聞こえてくるのに、今日にかぎっては耳を打つ静寂がフロア全体を包み込んでいる。

水嶋の部屋の前に立ち、二度、深呼吸をした。扉の向こうからはなにも聞こえてこない。対策会議はどうなったのだろう。無事にすんだのだろうか。

ひとり考えていても詮《せん》ないことを思い浮かべ、澤村は四度めの深呼吸をしてから、ようやく手のひらを固めて扉にあてた。

軽くノックすると、「はい」とくぐもった声が届いてくる。どうやら、水嶋はまだいるらしい。

「澤村です」

はっきりした声で告げてから、澤村は返答を待った。今日ばかりは、返事を聞く前に扉を押し開ける気分ではない。だが、三十秒待っても、一分待っても、なにも返ってこなかった。

「澤村ですが……水嶋さん？　いるんでしょう？」

扉に耳を押しつけて様子を窺ったが、やはりなにも聞こえない。

どうするかとその場で思案し、結局はいつものようにこっちから扉を開けた。

「水嶋さん――なんだ、いるじゃないですか」

部屋の奥、窓を背にして置かれたデスクに座る男の姿を目にして澤村は部屋に踏み込みかけたが、そこで思わず足を止めた。こちらを振り向いた水嶋が、文字どおり、無表情だったからだ。

「……なにしに来たんだ」

よそよそしい声に澤村は怯《ひる》み、口ごもった。感情を欠いた声は、出会った頃のものに似ている。いや、それよりももっとひどいかもしれなかった。

こういう展開は計算に入っていない。てっきり落ち込んでいるのだと思っていて、少しでも励ますことができればと考えていたのだが、さすがに甘かったようだ。

「ショウには間に合わせる。バグの原因はだいたい摑んでるんだ」

ゆっくりと立ち上がった水嶋が鞄《かばん》を手にするのを見て、「……そう」と返したが、あとが続かなかった。

「バグさえ取り除ければ大丈夫なんだ。音楽も入っているし、ショウでのテストプレイは十分可能だ。……ここまできて諦められるか。絶対に間に合わせてやる。チームのためにもユーザーのためにも、澤村、おまえの完璧なプロモーションを成功させるためにも、俺はアルファ版を仕上げるよ」

台本に書かれた台詞《せりふ》を読み上げるような冷たい声と、皮肉交じりの笑顔が、澤村の良心に爪をたててきりきりと食い込んでいく。もし、自分にも良心というものがあるとしたらの話だが。

かたわらをすり抜け、ひとり帰ろうとする男の顔は硬く強張っている。それを見ていたらたまらなくなってきて、「ちょっと待てよ。話、したいんだよ」と腕を摑んだ。

「なにを話すというんだ」

「もしかしたら、……あんたが怒ってるかと思ってさ。バグのことも心配だけど、それよりもここ最近、俺たち行き違いになってたことも気になったんだよ」

「バグのことならおまえの出る幕じゃない。あれは俺がなんとかする。それから、もう俺に関わらないでくれ」

「やっぱり腹をたててるのか……。瀬木からなにか聞いたの？」

「瀬木？」

水嶋は胡乱《うろん》そうに聞き返したあと、きっぱりとした口調で「違う」と言った。

「おまえが散々遊んでいることをわざわざ瀬木が聞かせてくれたと思ってるなら、お門違いだ。……別にあいつが言わなくても、そういう噂は自然と入ってくるよ。おまえがどこの店で女を引っかけたとか、一度寝ただけでもう飽きたとか……」

やっぱり知られていたんだと、澤村は内心臍《ほぞ》を嚙む思いだ。傷つけるつもりはなかったのにと思うが、いまなにを言っても言い訳になるのは目に見えている。

瞼を伏せた水嶋はぼんやりしている。こんなに疲れ果てた彼を見たことがなかっただけに、澤村としては口を閉ざす以外になかった。

バグのことばかりが彼を沈ませているのではない。間違いなくこの自分が大きな原因だ。

少し前まで水嶋には年上の男らしい余裕があった。それとは対照的に、つい釣られてこっちも微笑んでしまうような繊細な一面を見せてくれていたこともあったのに、いまではそれらが全部嘘に思える。

最初の頃に感じたものよりももっとたちの悪い、硬度を増したバリアが彼の全身を覆っているみたいだ。

どう言えば、怒りをといてくれるのか。土下座して謝れば許してもらえるだろうか。

一時しのぎの考えを瞬時に見抜いたのだろう。男がちいさく呟いた言葉に、澤村は今度こそ

絶句した。

「……おまえは不誠実なんだよ」

疲れて傷ついた彼の言葉、その顔が、澤村の胸を衝いた。

誠実ではない、というシンプルな一言に、なにも言い返せなかった。

そう、確かに誠実ではなかった。からかい、反応を窺い、おもしろがってばかりいた。

「そもそも連絡を取らなかったことが原因じゃない。おまえが俺になんの感情も抱いてなくて、からかっているんだってことは前からわかってたよ。俺がゲイであることをおもしろがっていて、女よりも簡単に寝られると思ってたことにも気づいてた。……それでも期待したかったんだ。誘われたことは嘘じゃないし、なにより、俺は好きだったんだ。女好きで、仕事ができるひとでなしのおまえが。最初に会ったときから、澤村がこういう性格だろうってことは予測できてたのに」

言っているあいだにも震えだす口元を手のひらで覆い、水嶋が顔をそむける。

「水嶋さん……」

「俺はおまえみたいに器用じゃない。次々に相手を変えることもできない。いまだって――」

言いよどんだ男の腕を掴み、澤村は、「いまだって、なに?」と聞き返したが、強く振り払われた。

「もういいよ。疲れた。もともとストレートの男とはうまくいくはずがないからな。おまえも無理してたんだろう？　だったらもういい。放っておいてくれないか」

「――ちょっと待てよ、俺」

「離せよ」

逃げようとする腕を引き戻そうとしたが、掴み損ねた。とっさに抱きすくめようとしても、水嶋はするりとかわし、扉を開けながらちらりと視線だけをこちらに向ける。

「おまえは正しいよ、澤村。男のおまえに惹かれた俺がバカだった」

その目がふいに揺らぐ。さまざまな感情がせめぎあい、見ているあいだにも涙があふれ出しそうだった。

澤村がもう一度手を伸ばす前に、扉が閉まった。

取り返しのつかないことをしてしまった。澤村《さわむら》がそう思い当たったのは、水嶋《みずしま》が帰ってからゆうに十五分も過ぎた頃だ。

いままでほかの誰にも言われたことのない、不誠実という鋭利な言葉に胸をえぐられ、理性がショートしたようだ。

水嶋のいない部屋を眺め渡し、さっきまで彼が座っていた椅子《いす》に腰を下ろした。そこでようやく、胸の奥底に溜まっていた息を吐き出した。

あの男は、ものの見事に澤村の本質を言い当てた。大げさな表現は用いず、たった一言で澤村の歪《ゆが》んだ性格を暴いた。

そうだ、俺はなにひとつとして誠実になれなかった。優しいふりをして、あいつの顔色をこっそり窺《うかが》ってはほくそ笑んでいた。気まぐれにキスしてみては、その反応のよさにこころの裡《うち》で優越感を抱いていた。なぜかって、男のあいつが男の俺を好きだと言ったからだ。地位も才能もある彼が、俺に惹《ひ》かれていたから図に乗ったんだ。

机の隅に置かれている、ぴかぴかに磨かれた灰皿を引き寄せ、シャツの胸ポケットから煙草《たばこ》を引っ張り出した。

企画部にあてがわれているものよりも、ずっと座り心地のいい椅子に深く背を預け、澤村は目を閉じて煙草を吸い込んだ。

誰だって、自分よりもランクの高い相手に惚れられたら悪い気はしないだろう。少しはからかってやるかと笑うはずだ。

だって、あいつは一方的に俺に惹かれていたんだから、浮かれたってしょうがないじゃないか。なにをしたって、最後には俺を好きだと言うだろう。そう思っていたのに。そう信じていたのに。

だが、現実に言われたのは、「好きだった」という過去形である。それも、水嶋の口調を思い出してみると、昨日今日に諦《あきら》めをつけたという感じではなかった。ちらちらと降り積もる、目には見えない塵《ちり》のように、苦い感情は嵩《かさ》を増していったのだろう。

彼が受けたダメージを自分のものに置き換えようとしても、無理だった。しょせん、水嶋は他人なのだから、正確なところまではわかりかねる。それでも、最後に見た顔が意識の隅でちらつく。

あんな顔をさせるつもりは、毛頭なかったのだ。楽しみたいと思っただけだ。水嶋は誰よりも優れていて、新鮮だったから、自分としても引き際を見誤っただけに過ぎない。いずれはこの不毛な関係も終わると常々考えていたんだとうそぶいたところで、澤村は薄く瞼《まぶた》を開く。

煌々《こうこう》と点《つ》いた蛍光灯に、灰皿の横に置かれていたＤＶＤ－ＲＯＭの山がひかりを弾いている。そこから一枚抜き取り、目の前にかざした。

『ぼくらのおやすみ　バージョン９』とマジックで書き殴られた金色の円盤には、昨日の日付も書かれている。ということは、これが現時点での最新バージョンだ。澤村が宣伝用の写真を撮るために以前もらったのはバージョン６だったから、それよりもさらに開発が進んでいるものになるのだろう。

灰皿に煙草を押しつけ、パソコンの横にあるゲーム機の電源を入れ、DVD-ROMをセットした。もうひとつ、その横にあるテレビの電源も入れて、椅子に座り直す。

ソフトな木管楽器にふちどられた透明感あふれるメロディが流れ出し、ナイトシステムのロゴに続いて、『ぼくらのおやすみ』のタイトルロゴが色鉛筆のようなやわらかいタッチで浮き上がる。

いままでは、場面場面をつなぎ合わせたバージョンしか触っていなかったから、頭から通して遊ぶのは、これがはじめてだ。

最初にまず、主人公の名前と、村の名前を決めるシステムだ。澤村はちょっと考えてから、主人公の少年を「ミズシマ」とし、村の名前を「さわ」にした。村名の末尾には自動的に「村」とつくのを知っていてのことだが、実際にやってみるとまぬけな感じで笑えた。

さわ村に引っ越してきたばかりのミズシマ少年は、初めのうち、白いランニングシャツと短パンしか身につけていない。唯一のアクセサリーといえば、首から下げているオカリナで、ゲーム中に「楽譜」アイテムを集めれば、さまざまな曲が吹けるようになる。

どこぞの田舎小僧かと思うようなミズシマ少年を、さわ村のひとびとは一様に歓迎する。ゲームはリアルタイムで進行し、あらかじめ現実の時間を設定しておけば、時間ごとにさまざまなイベントが発生する。たとえば、現実の朝七時なら、さわ村でも食堂に行って朝食を食べることができる。昼飯は十二時、夕食は十九時だ。ほかにも春ならお花見、夏なら花火大会といった季節ごとのイベントも豊富に用意されているはずだ。

まずは、この裸の大将のような格好をどうにかしようと、澤村はミズシマ少年を釣りに行かせた。釣り竿を使って釣れるのは、なにも魚だけではないのだ。ときには遠くの島から流れてきた服や靴を釣りあげることもできると、仕様書に書いてあった。

現実世界で夜の二十一時を回ったいま、さわ村も夜である。遠くに灯りを届ける灯台のそばで、釣り糸を垂らすこと一分。最初の獲物は、タコだった。三分後に釣れたのはイカで、その後はサケ、アジ、マグロと続く。なんでも、ものすごく低い確率でクジラを釣ることもできるそうだが、スタッフのうちでも釣り上げた奴はまだいないらしい。

画面の中のミズシマ少年同様、澤村はしばし釣りに熱中した。釣りをメインにしたものではないにしろ、引っかかる確率が絶妙で、針がかかったと思ったら小物ばかり。粘れば大物を釣れるかもしれないと、ついむきになってしまうつくりになっている。

かすかに入っている波の音が気持ちいい。ある一定のパターンを繰り返させているだけなのだが、なかなか凝った音の組み方をしている。

運のいいことに、十五分後に青い水玉のTシャツを釣り上げた。続いて、黄色のズボンとそろいのシューズを手に入れ、澤村はひとり悦に入りながらミズシマ少年の服を着替えさせた。青と黄色という、色の組み合わせとしてはかなり首をひねりたいところではあるが、味気ないランニングシャツよりかは、ずっとましだ。

たとえ夜でも、外をふらふらと歩いている住人は多く、会話が交わせるようになっている。赤い屋根の家に住むオヤジは、ミズシマ少年の着ている水玉のTシャツをうらやましがり、「俺の着ている赤のランニングと取っ替えてくれ」と言う。せっかくランニング姿を脱したのだから、「やだ」と断ると、「ケッ、いまの子どもはケチくせえな」と罵《ののし》られ、おまけに、「俺がちいさい頃はよォ、目上の人間をうやまえって風潮があったんだがよォ」と愚痴《ぐち》られる。それが少しも頭にこないのは、オヤジが酔っぱらっているという設定で、歌いながら文句を言っているからだ。人間の声を奇妙なトーンにアレンジしたことで、オヤジの歌は思わず噴き出してしまうような音程だった。

次に訪ねた家では、「おつかい」を頼まれた。村の郵便局に手紙を出しに行ってほしいと頼まれ、ミズシマ少年は素直に受けることにする。普段の澤村なら、こんな願いなど土下座されても聞いてやるものかと思うのだが、いまはミズシマ少年としてゲームの中に住んでいるから別だ。それに、おつかいを成功させれば、「おこづかい」がもらえる。

もらったおこづかいを握り締め、向かうは二十四時間開いているマーケットだ。ここには、自分の家に置ける家具はもちろんのこと、洋服も多く売っている。

少ないおこづかいでどれを買おうとしばし悩んだあと、赤いクッションのついた椅子を選んだ。これを部屋に飾れば、実際にミズシマ少年を座らせることもできる。

ミズシマ少年を自宅へと走らせ、電気の点いていない家の前に立ったところで、あ、と思い出した。そうだった、バグはここで発生すると北野《きたの》が言っていた。自宅に入らせようとすると、システムが止まると。

せっかく買った椅子を飾れないのは惜しい。どうしよう、どうしようとミズシマ少年をうろつかせ、澤村は結局家の中に入らせることを選んだ。家の扉を開けたところで止まるのか、それとも部屋に一歩入ったところで止まるのかまでは、聞かなかった。

不具合があるとわかっていてプレイするのだから、まあどこで止まってもおかしくはない。

緑色に塗られた屋根を見上げて、澤村は少し前にインターネットで見たカラーセラピーのことを思い出していた。興味本位でのぞいたサイトで、緑色を選ぶのは、清浄な空気を望み、ストレスを溜めがちな者が多いと説明されていた。水嶋もこの色をよく選ぶと言っていた。彼が重いストレスに苛《さいな》まれているとしたら、さしずめ自分が大きな原因だろうなと笑おうとしたが、頬《ほお》が引きつってうまく笑えなかった。

家の扉を開こうとした矢先に、村人のひとりである、ピンクの巻き毛のおばさんが話しかけてきた。

「ねーえアンんた、サッキ、あのオヤジに服ネだらレテたけど、取ラレなかッた？　だイじョブだった？」

台詞にひらがなとカタカナが入り混じるのも、このゲームならではの特徴だ。むろん、さっきのオヤジと同じように、妙ちきりんな音声ももれなくついている。

ピンクの巻き毛おばさんに向かって、ミズシマ少年は、「うん、へいき」と答え、家の扉に手をかける。

扉はあっさりと開き、家に入ることもできた。だが、やはりそこでバグッた。音楽が止まり、会話ウィンドウも消えず、画面に表示され続けている。それでも澤村はミズシマ少年を動かして、部屋の中央に椅子を置き、座らせた。のんきな顔をしたミズシマ少年は、床につかない足をぶらぶらと揺らし始める。

そこから先は、どうにも動かなかった。会話ウィンドウも残ったまま。コントローラのどのボタンを押しても、ミズシマ少年は足を揺らすだけだ。

やっぱり止まってしまった。これでは確かに困る。水嶋はさっき、ショウには絶対に間に合わせると言っていたけれど、大丈夫なのだろうか。

コントローラを放り出し、澤村は頬杖《ほおづえ》をつく。

水嶋の才能に、いまさらながらに舌を巻く思いだった。以前までの彼の作品も好きだったが、今回のはもっといい。地味だなんだとけなしていたけれど、実際に遊んでみれば、ついつい引き込まれてしまう磁力に満ちている。じんわりした、尾を引くような楽しさが目新しかった。きっと売れるだろう。この作品のプロモーションを担う者としても、できるかぎりの宣伝をしてやりたい。

温かみのある背景を従えて、ミズシマ少年は「うん、へいき」という台詞《せりふ》を表示させながら、疲れることを知らないかのごとく、延々と足をぶらぶらさせている。身長の低い少年が座る椅子の足下では、床に映る薄い影も揺れている。

「あんた、ほんとうに大丈夫なのかよ」

澤村は呟《つぶや》き、試しに再度コントローラのボタンを押してみたが、やはり会話は止まったきりだ。

この台詞は、膨大なシナリオに書かれたひとつに過ぎず、たいした意味を持つものではない。そうとわかっていても、ミズシマ少年が——水嶋がどんな顔をしてこの素朴な台詞を書いたのだろうかと考えると、ゲーム機の電源を落とせなかった。

どの時点からこころを奪われていたかなんて、自分自身のことでも冷静に解き明かすことはできない。順を追って、彼に惹きつけられていったことを説明できればいいのにと思うけれど、そんな冷徹さがあったら、いまこれほどに動揺していないはずだ。

己を「衝動的なんだ」と評していたいつかの水嶋に、「俺もそうなんだよ」と笑ったことがあったが、いまなら違うと言える。

この想いは、けっして軽はずみなものではない。ものの弾みなどではなかった。

皆が驚いて腰を抜かすようなホラーゲームをつくったかと思えば、次には百八十度路線を変えてこころ温まる風景を描き出す男をそばで見ていて、知らず知らずのうちに惹かれていた。いつのまにか、好きだったのだ。

平気じゃないくせに。まだ俺を好きなはずなのに。こんなふうに虚勢ばかり張っているあんたのことが、俺はいまとても好きなのに。

そうと気づいたのは、ついさっきのことだ。手を離れ、もう思いどおりにならなくなるとわかった瞬間に気持ちを知るとは、お笑いぐさもいいところである。同じ男を好きになったことが認められずにいたなんて、まったく話にならない。

たとえ、ここにいま自分しかいなくても、口に出せばどんな言葉も陳腐になりそうだったから、澤村は黙っていた。

このちいさな箱庭は、本来の水嶋そのものだ。触れた者だけが知ることのできる、豊かで色あざやかなフィールドを隠し持っている。

音のない世界でゆらゆら揺れるミズシマ少年を、澤村はいつまでも見つめていた。


翌日、バグ発見の報告を受けたプロデューサーの伊藤《いとう》はさっと顔を強張らせたが、そこはさすがに責任者だけのことはある。早急にプログラマーの補給をすると約束し、万が一、ショウに間に合わない場合の対策も考えると言った。

「伊藤さん、俺になにかできることはありますか？」

五十六階の廊下でばったり会ったのを機に、澤村は難しげな顔で腕組みする伊藤に訊《たず》ねた。

「おまえはとにかくショウの準備をしろ。そうだ、初日に水嶋さんの発表会が入っているだろう。万が一、ソフトが間に合わなかった場合のことも想定した原稿を考えておいてほしいと伝えてくれないか？」

「わかりました。そのように伝えます。ほかには？」

「一日も早くバグが発見されることを祈っててくれよ」

伊藤は肩をすくめておどけた顔をするが、どことなく不安げだ。

「なんとしてでも間に合わせなきゃならん。水嶋チームに差し入れして陣中見舞いでもしてやってくれ」

「そうですね。じゃ、早速あとで買い出しに行ってきます」

澤村は頷き、素早く視線を動かした。伊藤の肩越しに、水嶋らしきうしろ姿が見えたのだ。

「じゃ、またなにかあったら報告してくれ」

大股で歩き去っていくプロデューサーを視界の隅に置いて、澤村は小走りに水嶋に近づいた。

昨日の今日だ。無視されるかもしれないと思ったが、話しかけずにはいられなかった。

「水嶋さん」

完全に寝不足らしい男は、緩慢な動作でのろのろと振り向く。その目の下には隈がくっきり浮かび、昨日一睡もしていないだろうことを物語っていた。澤村は思わず、「昨日、ちゃんと寝た?」と口走った。

水嶋は迷惑そうな顔で、濡《ぬ》れた前髪をかきあげる。どうやら眠気覚ましに、トイレで顔を洗ってきたところらしい。

「寝たよ」

「ほんとに?」

「ああ、一時間は寝た」

「一時間って……あんた、それじゃ身体保たないよ。食事はちゃんとしてるの?」

「飯も食ってるし、もともと眠りが浅いほうなんだ。おまえが心配することじゃない」

すげない返答に、澤村は言葉につまる。心配をする立場じゃないと言われればそれまでで、ほかになにか話すことがあっただろうかと考えたが、こういうときにかぎって適当な話題が見つからない。なにかしてやりたくても、いまの水嶋はきっとすべてをはねつけてしまう。そう考えると、もどかしくなってくる。相手の機嫌を窺うなんてしたことがなかったから、どうしたらいいのかとまどうだけだ。

話の接ぎ穂が見あたらず、黙り込んでいると、「仕事があるから」と水嶋が歩き出す。

「あのさ、俺に――俺に、なにかできることはない？」

なにも言わずに見送ることができず、ふらふらと揺れる背中に呼びかけた。

足を止めた水嶋が振り返り、じっと見つめてくる。青白い顔をしていながらも、両目は揺るぎない意志を秘めた強いもので、澤村をしばしうつむかせた。

「プロモーション」

「え？」

「俺は、あのソフトをかならずショウに間に合わせる。スタッフもみんなそのつもりで作業にあたってるんだ。おまえはおまえの仕事をやれよ」

顔をあげた澤村に、開発室に入っていく背中が映る。それで澤村も彼の背中を追うことはせず、そばの非常階段の扉を開いて五十四階まで一気に駆け下りた。

おまえの仕事をやれと彼が言ったとおり、俺は俺の仕事をやるべきだ。いまはもう、私情を挟んでいる場合じゃない。

企画部に戻り、ゲームショウのスケジュールをあらためてチェックした。水嶋の発表会は、初日のビジネスデイに設けられている。そこで初めて、『ぼくらのおやすみ』アルファ版が公開され、取材に訪れたマスコミ陣にもテストプレイしてもらう予定になっている。

バグが発見されたことで、水嶋自身による発表もテストプレイも危ぶまれているから、次善策をたてておいたほうがいいというのは、プロモーションの立場としても当然だと思う。

たとえば、いまできている部分をビデオに録画し、映像だけを流すという手もある。水嶋の発言も極力控えてもらい、発売時期に関しては口を濁してもらう。

一度公表した発売日を遅らせるというのは、この業界でよくあることだ。「いいものをつくるには、もう少し時間が必要です」と開き直ればいいだけの話だ。

しかし、澤村は一縷《いちる》の望みに賭《か》けてみることにした。

あの男が絶対に間に合わせると言うならば、プロモーションとしても精一杯の舞台をつくってやる。

「初日の発表会原稿、どうします?」

隣に座る瀬木《せぎ》が、パーティション越しに訊ねてくる。

「いまもらってる原稿って、『ぼくやす』のアルファ版完成を前提にしたものですよね。発売日も来年五月二十日ってしっかり入ってますし……水嶋さんに頼んで、書き直してもらいますか?」

「いや、このままでいく。『ぼくおや』は絶対に間に合う」

ショウ当日のブースデザインをパソコンで確認しながら、澤村は口の端にくわえた煙草に火を点ける。今年のブースは、水嶋作品にあわせてポップなイメージでまとめていた。

「そうですか。それじゃ……って、ねえ澤村さん、その『ぼくおや』は言いにくい省略形だからやめようって、このあいだ言いませんでしたっけ?」

「そんなこと言ったかよ。『ぼくやす』のほうがチンケなイメージになるからやめようって話になったんだろ」

「嘘だ、澤村さんが言いにくいって言いだしたくせに」

ふと瀬木の声が途切れたかと思ったら、あとに続いたのはさも可笑しそうな笑い声だ。

「どっちでもいいんですけどね、結局のところはユーザーが決めてくれるし。……僕らも頑張りましょう」

「ああ、そうだな。とにかくやってみよう」

ぴょこんと顔をのぞかせてきた笑顔の瀬木が、拳《こぶし》を突き出している。それに澤村も笑い返し、軽く拳をあてた。

バグの発見は予想以上に難航した。アルファ版とはいえ、すでに百科事典一冊を越える量のプログラムが書かれているのだ。それをつぶさにチェックし、テストしていくという作業は、ショウ直前まで不眠不休であたっても終わらないかと思われた。

どの記述がバグを引き起こしているのかを、水嶋をはじめとした総勢七名のプログラマーが調べ、社内で手の空いている者はこぞってテストプレイにかり出された。

あれ以来、水嶋とはろくに言葉を交わしていない。なにか話そうとしても、澤村とていまはとても落ち着いて話せるような気分ではなかった。

年に一度のゲームショウでどれだけの作品を公開できるか。それによって会社の株価も変わるほどだから、どのメーカーもこの時期は血相を変えて準備にあたっている。

ともかくこのトラブルを切り抜け、ショウが終わったらもう一度水嶋を訪ねよう。澤村はそう考え、みずからもテストプレイ班に参加し、夜中を過ぎて明け方まで作業に勤《いそ》しむ面々をねぎらうため、率先して買い出しに出かけることもした。

　ショウ開催まで残り一週間を切った日の晩、疲労困憊《こんぱい》を極めたチームのために、近所の和食屋から特製弁当を届けてもらおうと、テストプレイを抜け出したときだった。

「澤村さん」と背後から聞こえてきた声に振り向くと、プログラマーが困惑した顔で、書類を手にして立っていた。

　確か、バグ発見用に追加投入された新人プログラマーのひとりだ。

「どうしました？」

「あの、じつは……ちょっとここじゃまずいから……」

　あたりを窺うような目をするプログラマーに、「それじゃ、非常階段のところにでも行きましょうか」と誘った。あそこなら、人目につかず話すことができる。

　いったい、なんの用だろうと思う。今日で連続四日続いている徹夜作業に疲れ果て、家に帰りたいとでも言うのだろうか。そういう澤村も、もう三日帰っていない。こうなることを予期して、あらかじめ数日分の着替えは持ってきている。風呂《ふろ》は、近所のサウナでなんとかしのいでいるが、希望を言えば自宅のベッドで気兼ねなく眠りたい。並べた椅子の上で寝たり、力尽きて床で寝たりするのも、そろそろ限界である。

「作業でなにか問題でもありましたか？」

プログラミングについて知識がない自分と話したいこととなると、ある程度範囲を絞ることができる。チーム内の誰かと揉《も》めている場合、開発とは一歩離れた場所にいる澤村に愚痴を言いに来る奴は多々いる。全体の指揮を執るのが、事実上、伊藤や水嶋だったとしても、直接的な不満というのはなかなか言いにくいものだ。そこで、ムードメイカー的な立場である澤村があいだに入り、場の空気をやわらげたり、悪化しそうな人間関係を緩和させたりするのだ。

「あの……」

瀬木同様、昨年入ったばかりのプログラマーは口ごもり、なかなか本題に入らない。早く話せと急《せ》かせばびびられるだけだから、澤村は彼のほうから話し出すのを待ちつつ、先輩を先輩と思わない瀬木の図太さはたいしたものだなと、どうでもいいことを考えていた。

澤村の宣伝力は開発陣にも浸透している。目の前の新人もその噂は伝え聞いているだろう。他部署で、しかも六年上の先輩に相談を持ちかけるのはよほど勇気がいることに違いない。

誰かと揉めているのかと考えている矢先に、「これ、見てください」と書類を手渡された。

「俺はプログラムはまったくわからないんですが」

「あ……、そうですよね。いえ、そうじゃなくて、あの……じつは、僕、バグを発見……したみたいなんです」

「ほんとうですか？」

にわかに信じられず、つい大声を出してしまった澤村に、新人も一瞬びくりと肩を震わせたが、「ええ、たぶん、見つけたと思います」とはっきりした声で答える。

「でも、それが……」

おどおどした態度がしだいに苛立《いらだ》ってきて、「なんですか？　バグが見つかったなら早いところ水嶋さんに報告すればいいだけのことじゃないですか」と言った。

「だけど、水嶋さんになんて言ったらいいか……」

くちびるを噛《か》んでうつむいた新人は、しばらくそのまま黙り込んでいた。

ようやく顔をあげるまでに、約三分。じりじりしながら待ち続けていた澤村に、新人は唖然《あぜん》とするようなことを打ち明けた。

「それ――、木内《きうち》さんが記述したプログラムなんです」

「木内、さん？」

とっさに顔が浮かばず、澤村の声もまぬけたものになる。

木内といえばチームのサブプログラマーで――そうだ、水嶋の同級生だ。そこまで思い出したら、歓迎会の晩のできごとが急によみがえってきた。

水嶋と同じ年の木内は、業界でトップに立つ男をひどく憎んでいたふうだった。

名前が売れてる奴が羨《うらや》ましいよ、と粘った声で言っていた木内が、まさか意図的にバグを仕込んだというのだろうか。

なぜ、そんなことをする必要があるのか、いくら考えても澤村にはまったくわからなかった。木内とて、同じチームの一員である。プログラマーみずからがソフトの発表、ひいては発売そのものを遅らせるようなダメージを与えて、なんになるというのだろう。

「ほんとうなんですか、それ。木内さんが書いたという証拠でもあるんですか?」

「証拠……はないですけど、僕、その場に立ち会っているんです。たまたま僕と木内さんしかいないときで、彼が指定にはないソースを書き込んでいたからよく覚えていたんです。とくに説明もなかったし、僕自身、木内さんがどんなソースを書いたかよくわからなくて——でも、もっと早く気づいていればこんなことには……」

「……いや、遅くはないですよ」

急に頭が冷えてきて、澤村は確信に満ちた声で「大丈夫だよ」と繰り返した。

もちろん、木内に対する怒りもあったが、バグの原因が見つかったのだ。一刻も早く報告して、対処にあたればショウには十分間に合う。

「ショウまでまだ一週間はある。絶対に間に合うから、気を落とさないで」

励ますように肩を叩くと、新人もほっと息をつく。

「これは俺から報告するよ。きみは知らないふりをしていていいから、俺に任せてほしい」

「はい、わかりました」

新人と一緒に廊下に戻り、彼が開発室に戻っていくのを見送ったあと、澤村はくるりときびすを返した。

まずは水嶋に報告して、次に弁当の出前をしてもらうために電話をかけ、それから木内を捕まえて真相を吐かせてやる。木内は自分よりも数年早く入社している先輩格だが、そんなことに気を揉んでいる場合ではないだろう。とにかく、問いただささねば気がすまない。

じょじょにこみ上げてくる怒りに任せて廊下を足早に歩き、角を曲がったとたん、出会い頭に誰かと衝突した。

「すみません」と慌てて顔をあげれば、いまのいままで頭の中で殴り飛ばしていた張本人が仏頂《ぶっちょう》面《づら》をして立っている。

木内だ。

澤村はとっさにくちびるを噛《か》み締めた。まだ、こころの準備ができていない。落ち着いて話そうとしても無理で、カッと頭の中が熱くなる。

いきなり核心に切り込んだところで、この男は素直に白状するだろうか。彼に対するデータが少ないだけに、どう出るか考えてしまう。「俺は知らない」としらばっくれられたら、それまでだ。彼がバグを引き起こす記述をしたという証拠はどこにもなく、新人プログラマーの証言のみが頼りなのだ。

「気をつけろよ」

苛立たしげに舌打ちして行き過ぎようとする男の横顔に、澤村は一か八かの賭《か》けに出ることにした。

「木内さん、バグは見つかりましたよ」

「なんだって?」

ぎょっとした顔の木内に余裕を与えることなく、「あんたがやったんだろ」と言いかぶせた。

「なんでこんなことをしたんだ」

「……俺がやったという証拠はあるのか?」

「ないと言えばないけど、あると言ったらある。ここに、あんたが書いたっていうソースの一部があるんだ」

「へえそうかい。だからなんだって言うんだよ。そこに俺の署名でも入ってるっていうのか?」

斜な視線が不愉快だったが、澤村はあえて真っ向から睨《にら》み据える。彼の言うとおり、ずらずらと書き込まれたソースを木内が書いたのだと証明することはできない。

しかし、確信があるのだ。

　歓迎会の晩、木内は執拗《しつよう》に絡んでいた。彼らふたりにどんな過去があったかは知らないが、この男が水嶋の才能を妬《ねた》んでいたのは間違いない。

「誰がやったかを追及しようとしたら時間がかかるし、あんたは言い逃れするだけだろうな。俺が知りたいのはそこじゃない。なんで同じチームのあんたがわざわざこんなことをしたのか、それが知りたいんだ。ソフトの発表が遅れたら、チーム全体の責任が問われるんだぜ。なのに……」

　陰にこもる笑いにさえぎられ、澤村は木内を凝視した。

「これだから若造は嫌なんだよな。目上に対する口のききかたを知らねえのかよ。チームの責任が問われるって？　ふざけるんじゃねえ。一切合切のケツを拭《ふ》くのは水嶋のやることだろうがよ」

　木内はへらへらと笑いながら、壁に寄りかかる。

「売れっ子の水嶋にとっちゃ、これぐらいのトラブルなんかどうってことねえだろう。遅れりゃ遅れたぶんだけ箔《はく》がつくかもしれねえし、プロモーションのおまえもソフトを盛り上げる要素に変えるぐらいの機転を利かせられねえのかよ？　俺はあいつの名前を売るために仕事してるんじゃねえんだよ」

「またそれか。あんた、前にも言ってたな。歯車のひとつになるのがそんなに嫌なのか？」

「ああ嫌だね。とくにあいつみたいになんの苦労もしねえで、順調にトップ街道を突っ走ってきた奴の手助けなんかまっぴらごめんだ。俺はこの会社から水嶋のソフトなんか出したくなかったんだ。あいつぐらい売れてるなら、別のところでいくらでも売れるじゃねえかよ。なんで俺があいつに従ってこき使われなきゃいけないんだ？　澤村、おまえだってそうだ。どんなに宣伝を頑張ったところで結局名が売れるのは水嶋だけだぜ」

確かに木内の言うとおりだと思う面もある。水嶋の新境地開拓として、今回のソフトは話題を呼ぶだろう。そして自分たちはといえば、ゲームエンディング後のスタッフロールで一、二秒名前が流れるだけだ。水嶋の陰で働いている自分たちが称賛を浴びることはない。

「なにも知らないおまえにひとつ話を聞かせてやるよ。……俺とあいつは大学時代にゲーム同好会に所属してたんだ。当時からあいつはゲームのプランニングをやっていて、俺たちと一緒に一本のソフトをつくりあげた。それがきっかけになって、卒業時にあいつをほしがる企業は両手を超えていたぜ。それに対して俺や他の奴らときたらどうだ？　どいつもこいつも、水嶋のようには売れなかった。俺だって、あいつの下で延々とプログラムを書き続けて支えてやったのに、そのことを評価してくれる奴はどこにもいなかったんだ。それでも自力でこのナイトシステムに入社して、俺は俺なりになんとかやってたんだ。……大学時代の一件だけでも腹が立つのに、なんでまたいまさら水嶋を売り出すのに手を貸さなきゃいけねえんだよ？」

曖昧《あいまい》な顔をしている澤村に、木内は「不公平だと思うだろ、澤村も」と畳みかけてくる。

不公平、という言葉がじょじょに意識に染み込んでくる。名前が売れる売れないということにしがみついている意地汚さは、自分にもあるものだ。自分だって、最初はこんな地味なソフトなんて、と思っていたではないか。表面的なことにばかり囚われて、本質的なことをなにひとつ理解しようとしなかった木内と自分は、同類項だ。

大学時代、水嶋と一緒にソフトをつくった木内が評価されなかったというのがほんとうなのだとしたら、彼が憤りを感じるのも致し方ないとは思う。けれど、それが現実なのではないだろうか。この業界で尊重されるのは個性であり、木内には突出したものがなかったというだけの話だ。もっとも、木内や自分たちのような者が根底を支えてやらなかったら、水嶋のような者が考える企画とて砂上の楼閣に終わる。

名前が売れれば嬉《うれ》しいだろうが、そのぶんだけの批判も浴びることになる。ユーザー全員に賛同してもらえるソフトなどあり得ない。水嶋の今回のソフトにも、そういう危険性は十分に潜んでいる。これまでとは違った路線だけに、もしかしたら大ゴケするかもしれないのだ。

リスクを背負ってまでも水嶋は表に立ち、新しい世界観をつくりたいと言っている。そういう彼を、澤村は支えてやりたいと思うのだ。

もう少し早くそれに気づいていれば、ここまで事態がねじくれてはいなかったかもしれないとも思ったが、いまは木内のことを片づけるのが先決だ。

木内は水嶋のやることを売名行為だと罵《ののし》り、あまつさえ足を引っ張る真似《まね》までしている。

「あんた、恥ずかしくないのかよ。同じクリエイターとして」

「クリエイター？　そう呼ばれるのは水嶋みたいに上手《うま》く立ち回る野郎だけだ。俺たちは単なる使い捨てのスタッフだろう」

使い捨てという言葉がぐさりと胸に突き刺さる。

自分もこいつも似た者同士だ。同族嫌悪に息がつまりそうで、怒りがこみあげてきた澤村は目を細め、木内に向けて人差し指をくいっと曲げた。

「木内さん。シャツのそこ、汚れてる」

まんまと引っかかった阿呆《あほ》な男がひょいと顔をうつむけた隙《すき》に胸ぐらを摑《つか》み、横っ面を思いきり殴り飛ばした。

「……てめえ！」

壁にぶち当たった木内が形相を変えて吼《ほ》えたが、さらにもう一発臑《すね》に鋭い蹴りを叩き込み、床にくずおれたところに詰め寄った。

わざわざ殴るのももったいない、粗末で卑小な男は、血の気を失っている。ゲームではさまざまな暴力的表現にあふれたものを楽しんでいても、リアルな痛みをまともに喰《く》らったことは数少ないのだろう。偉そうなことを口にしておいて、がたがたと震えているあたりが小者らしい。

　さもしい根性を持つ似た者同士だとしても、利己的な考えで開発を妨害する木内はどうしても許せなかった。こういう揉めごとがあった場合、いつもなら、とにかく相手に調子をあわせて丸め込んでしまえばいいと思っていたが、木内だけは別だ。殴っても気がすむわけではなく、徹底的に叩きのめしてやりたかった。

「水嶋さんがどうしてトップクリエイターなのか、くだらない愚痴ばかり言ってるあんたには一生わからねえよ。……あんたはあのひとのつくる作品のどこを見てるんだよ？　それさえ見抜けねえんだったら、いますぐゲームメーカーなんか辞めろ」

　この苛立ちは水嶋を想う気持ちに端を発しているのだと内心気づき、澤村は床に這《は》いつくばる男を立たせ、くちびるを嚙み締めた。

　仇《かたき》を取ってやったなんて、古くさいたとえをするつもりはない。だけど、仕事に対してあんなにも真摯《しんし》に向き合っている男のことを思うと抑えきれなくなる。

　水嶋だけだ。恣《し》意的な振る舞いばかりやってきた自分のこの胸を軋《きし》ませたのは。

「──俺はあのゲームが楽しかったよ。そりゃ実際にやるまでは地味でつまらないってイメージしか持ってなかったから、あんたと同じように水嶋さんを売り出すための片棒を担ぐのはごめんだと思ってたけど——なあ、木内さん。あんたぐらいの年になると、自分よりも才能のある奴を素直に認めることができなくなるのか？　悔しいって気持ちだけで邪魔するのかよ。それじゃそのへんのガキとまるっきり変わらねえだろうが」

「おまえもとことんあいつに毒されてるな。俺だって、チャンスがあればあのぐらいのゲームは……」

屁理屈をこねる男に澤村は薄く笑う。彼がみじめに思えて仕方がなかった。いわば木内は、舞台の袖《そで》で指をくわえている黒子のように卑屈で、華やかなライトが当たる場所にいる人間を羨み、憎んでいる。かがやかしい場に立つ者には栄光がもたらされると同時に、矢面に立たされて糾弾を受ける負の面があることにどうして気づけないのだろうか。

「もしもこれまでにあんたにチャンスがあったとしても、見落としてるんだよ。上に行く奴は——水嶋さんはあんたみたいにぶつくさ言い訳もしねえし、えり好みしねえよ。ちっぽけなアイデアの切れっ端を成功に結びつける強引さがなくて、どうしてクリエイターになれると思うんだよ。……なにが目上だ。三十一にもなって、地べたをうろうろ這いずり回ってる屑《くず》が常識ぶったことを抜かしてんじゃねえ。これっぽっちも才能がないくせに、歯車になるのも嫌だって？　あんたみたいなのがいちばん目障りなんだ」

「てめえ……言わせておけば……！」

澤村はもう一歩踏み出し、木内の荒い息遣いが感じ取れるほどに顔を近づけた。

「目上のあんたに教えてやるよ。あんたは水嶋さんみたいなクリエイターにもなれない、それを支える歯車にもなれない、単なる無能だ。一生そうやって低俗な自分を嘆いてろ」

加減を知らない澤村の言葉は、確かに木内の急所を突いたようだった。壁にもたれて見る見るうちに焦点をぼんやりさせていく男に、もう用はない。

歪んだネクタイを直しながら数歩歩き出したところで、澤村はぎくりと顔を強張らせて立ち止まった。

すぐ近くの開発室の扉が開き、誰かがこちらを見ている。この距離では、木内を殴っていた場面も当然見られていただろうし、なにを話していたか筒抜けだったに違いない。

無表情を貫く男に近づき、「いまの、見てた？」と小声で言ったが、返事はなかった。代わりに、澤村をじっと見つめてくる。その探るような視線には、澤村が到底追い切れない感情が次々に色を変えて浮かびあがり、懸命になにかを伝えてこようとしている。

「水嶋さん……」

言いかけた澤村を押し止めるような仕草をした水嶋は、やがて、「さっさと仕事に戻れ」と呟き、扉を閉めた。

ショウを二日後に控えた晩、澤村《さわむら》は水嶋《みずしま》のマンションを歩道から見上げていた。夜になって降り出した雨はスーツの裾をびしょ濡《ぬ》れにさせる勢いで、こうしているあいだにも横風に乗った雨粒が髪や頬《ほお》を濡らし、傘を差している意味がないように思えた。

土壇場でバグが発見され、歓声をあげた水嶋チームはそのままアルファ版の仕上げに入った。これでなんとか乗り切れるという昂揚感が疲れ切っていたチーム全体に浸透し、まるでお祭り騒ぎにもなったのだが、傍目《はため》から見ていても悪くない雰囲気だった。

いまもきっと、会社ではチーム全員が最後のテストプレイに励んでいるはずだ。瀬木《せぎ》にも、特製の幕の内弁当を届けてもらうように指示してある。

これまでチームを率いてきた水嶋は、文字どおり、不眠不休で作業に勤《いそ》しんだので今日一日休みを取り、自宅で発表会用の原稿をチェックし直すということだった。

明日には再び出社し、ソフトチェックの大詰めを迎える。そして明後日は、いよいよショウ当日だ。たった数日の晴れの舞台を終えれば、また過酷な日々に舞い戻り、今度こそ完璧な製品の発売に向けて狂奔することになる。

木内《きうち》が昨日、突然退社届を出したというニュースはチーム内に相応の動揺をもたらしたが、目前に控えたショウへの熱気がそれをかき消し、彼らを仕事へと向かわせた。

梃子《てこ》になれず、歯車になることも拒んだ男には、それなりの結末しか用意されていないということだ。木内本人も別れを惜しむ性格ではない。退社の理由を、お決まりの「一身上の都合により」とし、誰にも挨拶《あいさつ》せずに姿を消した。

彼は彼なりに、ナイトシステムでつくるソフトに愛着があったのかもしれない。大勢のひとに迎合されなくても、骨のある作品をつくり続けていきたいと思っていたのだろうか。

それが会社の意向により水嶋が登場したことで、メジャー路線に進むことを余儀なくされた。今回の作品は、既存の水嶋作品に比べればある程度プレイヤーを限定する内容であったとしても、「水嶋弘貴《ひろき》プロデュース」という箔《はく》がつくだけで、過去のナイトシステムソフトのどれよりも売り上げが伸びるのは、誰にでも簡単に想像できることだ。

名の売れた人間がつくればどんなものにでも値がつくと、木内は考えていたのだろうか。いつかの自分のように。

違うんだと言ってやりたくても、もう木内はいない。水嶋の名前は確かに売れている。運もあるし、時流にうまく乗ったことも手伝っているだろう。けれど、それもこれも確固たる才能に裏打ちされているからなんだともしも言えていたら、どうなっていただろう。二度と現場に復帰できないほど打ちのめしていたかもしれないと考えると、やはり口にしなくてもいいことがあるのだと思う。

そう考える自分が冷たいこころの持ち主だと悔やむことはなかった。それに、木内のようにいつまで経っても自分の利権しか頭にない奴はどこにでもいる。

たぶん、自分もそのひとりだ。

十月下旬の雨にひとつくしゃみをし、澤村はマンションの中に入った。エントランスに設置されたオートロックのパネルで水嶋の部屋のナンバーを押して待つと、『はい』と声が聞こえてくる。

「水嶋さん、俺です。澤村です」

しばらく返答がなかった。まあそうだろう。彼にしてみれば、いまさらなにをしに来たんだと言いたいのだろうが、澤村はじっと待っていた。

『……なにか用か』

低い声をものともせず、澤村はすかさず、「あんたと話したいんだ」と言った。

「頼む。少しでいいから話をさせてくれよ」

またも無言が返ってきた。

やはりだめか、と諦《あきら》めかけたとき、そばの自動ドアが音もなく開いた。

『一分だけだ』

パネルのスピーカーから聞こえてきた無愛想な声に、澤村は駆け出していた。

エレベーターで七階まで昇る時間さえももどかしい。傘を放り出してマンションの側面に沿ってつくられた階段を二段飛ばしで上り、七〇一というプレートがついた部屋の扉をガンガンと叩《たた》いた。

「水嶋さん！　俺だよ、ここ開けてよ！」

ひっそりした住宅街で大声を出せば近所迷惑になる、なんて常識めいたことはこれっぽっちも考えられなかった。水嶋が出てこなければ、この扉を壊してやったっていい。

突然扉が開き、険しい面持ちの水嶋が姿を見せた。

「なんだおまえは、近所迷惑じゃないか！」

「あんたが早く開けないからだろ。ちょっと中に……」

そこでふたり、取っ組み合いになってしまった。水嶋は部屋に入れまいとして立ちふさがるし、澤村は澤村で彼を抱きすくめる格好で動きを封じ、どうにかして中に入ろうともがいた。

「ちょっと、話、しようって」

「話ならここでもできるだろう！」

「いや、でも、中のほうが落ち着いて話せるっていうか——あのさ、ここでいきなり俺がキスしてもいいわけ?」

そう言ったとたん、水嶋がカッと顔を赤らめて身を引く。澤村はこれ幸いと身体をすべり込ませようとしたが、相手のほうが一瞬早かった。バタンと扉が閉じて、弾き飛ばされた。

呆気《あっけ》に取られた澤村はそれでも扉にすがりつき、再び叩き始めた。

「……ちょっと水嶋さん！　話をさせろって！　俺、あんたのことが好きでここに来たんだよ。どうしても言いたくて来たんだ。だから話をさせてよ、あんたを好きだって――言わせろ、この野郎！」

勢いでガンッと扉を蹴《け》りつけたと同時に開き、ものすごい形相の水嶋に襟首を摑《つか》まれ、引きずり込まれた。

「……おまえはいったいなんなんだよ、電波野郎か！　俺をここに住めなくさせる気なのかよ！」

床のタイルに壁際の灯りが映り込む玄関で、水嶋は激昂《げっこう》している。普段の冷静な顔もどこへやら、青筋を立てている男を見て、澤村はいまいる場も忘れて、ふっと思い出し笑いをしてしまう。そういえば、最初に会ったときも、こうして頭ごなしに怒鳴り飛ばされたのだっけ。

「なにを笑ってるんだ！」

「いや、あんたには怒ってる顔が似合うなと思ってさ」

「ふざけたことを言うために来たのか？　なら、話は終わりだ。さっさと――」

「まだだよ。終わってない」

怒り狂う水嶋をかき抱き、「まだ話は終わってないんだよ」と澤村は髪に鼻を埋める。

当然、水嶋はひどく暴れ、押し返そうとしてくる。それも易々と押さえ込み、玄関の壁際に押しつけた。

「最初もこうしたよね。覚えてる?」

「忘れたに決まってるだろう!」

「俺に嘘をつくなよ」

きっぱりと言うと、腕の中でもがく気配がぴたりと止まった。

「あんたさ、見栄っ張りなんだよ。俺のことがまだ好きなくせに、もう終わったただのなんだのって強がりばかり言って。ここで最初にキスしたときだって怯《おび》えてたくせに。俺に惹《ひ》かれてたことも忘れたのかよ?」

つかのま抵抗することを忘れた水嶋の顎《あご》を持ち上げて、ちいさなキスを落とす。

「……こんなふうにしたこと、あんたは覚えてないって言うのかよ」

たちまち水嶋の顔が歪《ゆが》む。またも怒鳴られるのかと思った矢先に鳩尾《みぞおち》に重い衝撃を喰《く》らい、澤村はひどく咳《せ》き込んだ。

まさかとは思うが、殴られたらしい。

「俺をバカにするのもいい加減にしろよ、おまえなんか顔も見たくない……！」

吐き捨てた水嶋をさらに強く抱き、澤村は熱に浮かされたような口調で言い続けた。

「嘘言うな。俺のこと、いまでも好きだって言えよ。忘れられないって言ってくれよ」

「誰が言ってやるか、だいたい、そういうおまえはどうなんだよ！」

「俺？　俺になんの関係があるんだよ」

「なんだって？」

ふっと身体を離すと、怯《おび》えた目つきの水嶋が視界に映る。

「あんたが俺を好きなことと、俺があんたを好きなことと、なにか関係があるの？」

絶句した水嶋がくちびるをかすかに開く。その顔が、たまらなかった。火が点《つ》いたように激怒していたかと思えば、するりと幕をあげて内面の脆《もろ》さを剝《む》き出しにするアンバランスさが、澤村を夢中にさせるのだ。

「……どうしておまえは俺を振り回すんだ。俺の気持ちもわかっちゃいないくせに……期待を持たせることばかり言いやがって……」

啞然《あぜん》とする男の顔から強情な殻がぼろぼろと剝《は》がれ落ちていく様子を、澤村はまばたきもせずに見つめていた。ちょっとした表情の変化も見落としたくない。いまここで捕まえておかなければ、二度と元に戻らなくなる。だけど、からかいたいという気分もやっぱり残っているから、ついよけいなことを口にしてしまうのだ。

「いつも落ち着いてるあんたが動転するのは俺と一緒にいるときだけだってわかれば、そりゃ振り回したくもなるって」

「くそ……、ひとの気も知らないで勝手なこと言うな！」

もう一度殴られそうなのをいち早く察した澤村は、慌てて水嶋を抱き締めた。

「俺を好きだって言うなら、なんで連絡ひとつ入れないんだ。携帯だってあるんだし、会社で毎日顔をつきあわせてるのに――」

「いやでも、ほら、バグのことが落ち着いてからのほうがいいって思ってたんだよ。それに、会社で好きだ好きだって連呼されてもあんたが困るでしょう」

「……言えばいいじゃないか。遊び慣れてるおまえにとっては恥ずかしいことでもなんでもないんだろう」

「どうしても言えって言うならメガホン持ってがなりたててやってもいいけどさ。だけど、じゃあ水嶋さんは言えるわけ？　みんながいる前で、俺がおはようの代わりにあんたを好きだって叫んだら叫び返してくれるわけ？」

「絶対に言わない。おまえなんか無視してやる」

「なんだよそれ。どう考えても俺のほうが損な役回りだね。まあ、本気で好きだ好きだって言いあってたら頭がおかしいって思われるしね」

　馬鹿馬鹿しいやり取りに歯軋《はぎし》りしている男には、堪えようと思っても口元がゆるんでしまう。頑丈な留め金で封じ込めていた感情が堰《せき》を切ってあふれ出し、水嶋をこの手でめちゃくちゃにしたくなる。

「言葉だけで気持ちを確かめあうなんて幼稚園生じゃないんだからさ。……でも、そんなに言ってほしいなら、いいよ。お望みならあんたが窒息しそうなほど言ってやろうか」

　両手で頬《ほお》を挟み、さまよう視線をむりやり自分に向けさせた。

「何度でも言ってやるよ。俺は水嶋さんが好きだよ。クリエイターとしての才能にも、あんた自身にも惚れ込んでる。もしもこの先水嶋さんが飽きたって言っても、俺には関係ないことだから離さない。……さっき言ったのはそういう意味だから覚悟しておきな。この俺が好きになった以上、あんたがほかの奴に目を移すのはけっして許さない。俺だけを好きじゃなくちゃだめだ。俺以外、視界に入れちゃだめなんだよ」

「そんな――勝手なこと――」

「そういう男を好きになったのはあんただよ、水嶋さん。ついでにもうひとつ言わせてもらおうか」

　いまにも泣き出しそうな水嶋の顔に笑いかけても、すぐにせつなくなる。この感情を一度知ったら、これから先ずっと抱えていくことになると澤村は気づいていた。誰に教わったわけでもない。水嶋を知り、惹かれていく過程で、知らぬまにこのほろ苦い感情は影のように自分のあとをついてきていたのだ。

「俺に、あんたを好きになっていい権利をください」

彼の肩を摑《つか》んで、澤村はつと身体を離す。雨に濡れた髪の先からぽたぽたと垂れる滴が、狼《ろう》狽《ばい》している男の頰に落ちていく。それを合図に、水嶋が細かに震える瞼《まぶた》を閉じてしがみついてきた。


水嶋のくちびるはひどく熱くて、吸い上げるたびに潤んでいく。かすかに開いたくちびるから漏れる吐息を余さず吸い込み、澤村はしまいに嚙《か》みついた。どうにも我慢できない。

「……っ」

「ごめん、痛かった?」

薄く開いた目で水嶋は睨《にら》みつけてくるけれど、言葉にならないらしい。悔しげに横を向くその目元が赤く染まっているのが、灯りを絞っていてもわかる。

玄関から寝室までもつれるように歩き、途中で水嶋の服を少しずつ剝《は》がしていった。自宅でもきっちりした格好をしている水嶋のシャツはボタンがちいさくて、焦れる指ではずすのに何度もしくじった。

最後のボタンをはずし、澤村の濡れたスーツを押しつけられていたことで湿ったシャツはソファに、ベルトは床に放り投げた。

ジッパーに手をかけようとしたところでベッドに辿り着いたことに気づき、一気に体重をかけてのしかかった。このとき澤村は、これから抱こうとしているのがまぎれもない同性なのだということをあらためて知った。自分よりも細めな身体をしているとはいえ、摑んだ手首の硬さが女とはあきらかに違う。彼が本気で抵抗すれば、派手な喧嘩《けんか》になるのは免れられないだろう。

だから、優しく抱いてやろうと思った。最初に手痛い思いをさせてしまえば、この男はかちりとこころを閉ざしてしまう。

自分だって、彼が初めての男だ。女と同じようには扱えない。どうしようか考えあぐね、まずはキスすることから始めた。

頰を挟むようにして頭を抱え込み、舌をすべり込ませる。水嶋のほうはまだ混乱しているらしく、逃げたいのか、抱きつきたいのか、どっちつかずの仕草を見せた。キスには応えるくせに、右手で胸を押し返してくる。澤村はウェイトに自信があったから、好きなようにさせておいた。それよりも、水嶋が呼吸困難に陥るほどのキスをするほうが大事だ。顎《あご》を押し上げて口を開かせ、舌先で上顎を探る。ここが敏感な場所だということは、意外と知らない者が多い。時間をかけてじっくり舐《ねぶ》っていると、耐えきれなくなったのか、水嶋のほうから舌を絡めてきた。肩にかかる澤村の髪をきつく摑んでくちづけてくるあたりに、彼も強くのめり込んでいることがよくわかる。

「――ん、……ぅ、っ」

くぐもり声がしだいに掠《かす》れていく。澤村は顔をずらして、なめらかな皮膚で覆われている首筋にもくちづけていった。二日後にショウがあるのだから、目立つ痕《あと》をつけてはまずい。そうとわかっているのに、肌のずっと下のほうから湧きあがってくる熱に吸い寄せられ、嚙みつきたくなる衝動に襲われる。

それをなんとか堪え、強く吸うことで嚙みつく代わりにした。一度吸って色がつかず、二度三度と繰り返したら、水嶋に弱々しく頭を押しやられた。

「……痕、つけるな。シャツでも……隠せなくなる」

当然の言葉に澤村は、「じゃ、そのままにしておけば」と笑った。

こういうところが水嶋らしいなと嬉《うれ》しかったのだ。好きな男に抱かれていても、理性にすがりつこうとしているのがいじらしくも痛々しい。そういう男だからこそ、ぎりぎりまで追いつめたくなる。

　以前も敏感な反応を見せた乳首を舌先でそっと転がす。くすぐったさと快感が混ざり合った感触に、水嶋が息を途切れさせる。濡れた先端は弄《いじ》り回すたびに色を濃くし、ぷつりと張りつめて硬くなる。

「水嶋さんってさ、ほんとうは淡泊なんかじゃないんだよ。こういう感じ方があるってこと、知らなかっただけだよ」

「なに、言って——、う、ぁ……、あ、あ……っ」

　最後まで言わせずに、厚い舌全体で乳首をくるみ、がりっと歯をたてた。加減をしなかったから血がにじむかと思ったが、それはなかった。噛むことと舐《な》めることを交互にすれば、そのうち全身が痺《しび》れるほどの快感がこみあげてくるはずだ。

「澤村……さわ、むら……」

　名前を呼ばれても返事はできなかった。熱を帯びて吸いつく肌のあちこちに触れていた澤村は、男の身体をもっといやらしく濡らすことに夢中になっていた。

　寝室の絞った灯りの下で、腕で顔を隠す水嶋の身体がぼんやりと浮かぶ。ばさばさに乱れた髪、腫《は》れぼったく勃《た》った乳首。すっきりと引き締まった腹から腰。中途半端に開いたチノクロスパンツのジッパーからは、トランクスの縁が見える。どれも澤村を及び腰にさせるどころか、すべて火を点ける要素になった。

「全部舐めさせて」

水嶋が驚いた顔をしたのと同時にチノクロスパンツを引っ剝がし、ついでに背中を向けさせた。

「待てよ、澤村……おまえ……」

「なに？　なんかしてほしいことがあるの？」

背後から髪をかきあげ、うなじにくちづけながら訊《たず》ねた。そのあいだも身体のあちこちを探り回し、手を回してシーツにこすれそうになっている乳首に爪をたてる。

「ん、んん――、ッ」

シーツを摑んで必死にのけぞる水嶋の背中に、くっきりとした深い溝が走る。そこにもくちづけた。

男の背中がこれほどエロティックな線を持っているとは、いままで知らなかったことだ。肩を押さえ込もうとすると、水嶋はますますのけぞり、肩胛骨《けんこうこつ》を盛り上がらせる。摑んでいる骨の硬さが、澤村を本気にさせるとは気づかないのだろう。

焦れったく乳首をつねったり、押し潰したりしていた指をずらし、トランクスの上から形を浮き上がらせるように触れてみた。

「ほんとに感じやすい身体だね」

「畜生、おまえ……、あ……っ！」

「俺に触られて気持ちいい？　ねえ、してほしかったらいくらでもしてあげるよ。俺、淡泊なふりをしてて感じやすいあんたのことが好きなんだよ。……自分でしたくなったらさ、俺を呼びなよ。あんたがいいって言うまでしてやるからさ」

なにか言い返そうとしても、水嶋の言葉は甘さを含んだ掠れ声になるだけで、澤村を楽しませるだけだ。優しく抱こうとしても限界があって、手の中でどんどん熱くなっていくものをしごいていると、歯止めが効かなくなりそうだった。

「こんなもんじゃ終わらないぜ」

横抱きにして、あふれた先走りでぬちゅりと音をたてるペニスを根元からしごき、耳先を嚙《かじ》った。足をむりやり絡めて広げさせているから、荒い息をつく水嶋は動こうにも動けない。澤村のネクタイもよじれ、シャツの下の肌が汗ばんでいる。

羽交い締めにした状態で腰を押しつけると、びくりと反応が返ってきた。

「澤村……腰、あたってる……」

「わざとそうしてるんだって。いきなり挿《い》れたらやっぱりまずい？」

「……当たり前だろ、おまえ……並じゃないんだよ……」

しゃくに障るとでもいうような声が可笑《おか》しかったから、「ちゃんと慣らすよ」と言ってやった。

トランクスの生地に阻まれながら手を動かそうとすると、どうしても感じやすいところばかり責めてしまう。亀頭の裏がいちばん気持ちいいのだと澤村自身知っているから、そこを何度もなぞり、そろそろいいかとトランクスを引きずり下ろした。

もう一度水嶋を背後から抱え込み、ベッドに四つん這《ば》いにさせた。そこで水嶋の理性がにわかに呼び起こされたらしい。

「やめろ、こんな格好……、調子に乗るな！」

「全部舐めるって言ったじゃん。もう忘れた？」

それ以上なにか言われる前に、澤村はアナルに舌をあて、窄《すぼ》まりの周囲をぐるりと舐めた。腰を高くあげさせるポーズも、押し殺した喘ぎ声も、なにもかもが扇情的だ。尻《しり》を両手で押し開き、硬く閉じる窄まりに細く尖《とが》らせた舌をねじ込む。くちゅ、くちゅりという音が響き、唾《だ》液《えき》が顎を伝い落ちる。

やわらかくときほぐそうと、試しに指を一本挿れてみた。

「あ、……！」

敏感すぎる水嶋がうごめく指から逃れようとする。無意識のうちに腰を突き出す格好は澤村を煽《あお》り、きつく締めつける窄まりをかき回しながら感じる場所を探した。

自分でも、ここまでやるとは思わなかったというのが素直な心情だ。だけど、触れれば触れるほど水嶋の快感が深くなるのだとわかったし、彼を感じさせているのがこの自分なのだと思うと、もっと奥へ、熱の集まる場所へと行きたくなる。

「だめだ……って、澤村……っ」

このへんが確か前立腺だ。唾液で濡らした指で熱い内壁を執拗《しつよう》にすると、水嶋は身体を震わせ、ひときわ掠れた声をあげて達した。

射精し続けるペニスを握れば、どくっと脈打つのが伝わってくる。

「おまえ……いきなり、すぎるんだよ……」

大きく息を吐き出す水嶋は力なくシーツに横たわり、汗で濡れた髪の隙間《すきま》から睨みつけてくる。その挑発的な目にぞくぞくさせられて、澤村はべたつく指を舐めながら覆い被《かぶ》さった。

「すげえエロい顔。水嶋さんでもそういう顔するんだ。あんた、可愛いよ」

「バカなこと、言うな……」

翳《かげ》る水嶋の上気した顔がしかめ面になる。

「バカなことじゃないよ。ほんとうに可愛い。年下の俺に抱かれて感じてるんだよ。それをもっとちゃんとわかりなよ」

熱を込めて言ったけれど、さすがに言い過ぎかと思ってつけ足した。

「そういうあんたが俺は好きなんだよ」

「ふざけたことばかり言いやがって……」

しばらくのあいだ、水嶋は負け惜しみを言いながら瞼を伏せて息を整えていたが、おもむろに身体を起こし、今度は逆に澤村のそこに手を這わせてきた。

「なに、あんたがしてくれんの？　別に俺は……」

いいよ、と言おうとしたのに、水嶋は目もあわせようとしないで、ぎこちない手つきでジッパーを押し上げているそこに触れている。

「……澤村のが、舐めたい」

途切れ途切れの声に、心臓が飛びはねた。この先、同じ台詞《せりふ》をほかの誰かに言われたとしても、こんなに感じさせられはしない。

水嶋に深入りしてしまうのは、彼が触れられることを期待して待っているような男じゃないからだ。日頃はまったくその気のない顔をしていて、いざ触れてみれば頭の芯《しん》までとろかすような声をあげる。それに、隙あらば立場を逆転させようとしている意地が感じられるところもいい。

常に冷静で、独特の深みを持つ声がいま、音程を狂わせて自分をほしがっている。それが澤村をもどかしくさせるのだ。

「じゃ、いま脱ぐから待って」

水嶋と向かい合わせに座った澤村は、シャツを脱ぎ、ジッパーを下ろしてズボンを放り投げる。ボクサーパンツ一枚になった格好で足を長々と伸ばし、ことさら水嶋に見せつけるような感じで昂《たか》まっているペニスを引き出した。

ごくりと息を呑む気配が伝わってくる。

「これがさ、いまからあんたの中に挿るんだよ」

とうにあふれていた先走りを指で伸ばし、ペニスに絡みつく硬い毛になすりつける。エラの張った亀頭からじょじょに太くなっていく根元までゆっくりとしごき、はっ、と熱い吐息を漏らした。

水嶋の視線を感じながらのマスターベーションは倒錯的な快感をもたらし、ますます露骨な仕草を見せたくなる。

「こうすれば、もっと見える？」

右足をあげて、左足は大きく開いた。

「俺さ、自分で言うのもなんだけどデカいんだよね。持続力もあるし、あんたをイカせる自信はあるよ」

「……澤村……」

「しゃぶりたそうな顔してるじゃん」

くくっと笑い、水嶋の手を摑んでそこに這わせた。

「いいよ。好きなようにやりなよ。いやらしいあんたの顔がもっと見たいんだよ」

もう一度、ぐいと腕を引き寄せると、水嶋は意を決したように拳《こぶし》で口元を拭《ぬぐ》い、かがみ込んできた。

おずおずと開いたくちびるに飲み込まれていく様子を、澤村はひとつ漏らさず見つめていた。最初のうちはただなぞっているだけの舌が、しだいにくねり、淫猥《いんわい》な動きになっていく。

「さっきから俺のをくわえたくてしょうがなかったんだろ？　……うまいよ。水嶋さんの舌、気持ちいいよ。……ほんとにすごいよな。仕事で見てる顔と全然違う。やりたくてたまらなくなるよ」

「——ん、……っ、ぅっ」

じゅぷっ、とすすり込む音を耳にしながら、澤村は股間《こかん》に顔を埋める男の髪をまさぐった。

水嶋のつたない技巧はこの場の熱に煽られて、たどたどしくも感じるところを的確に探り当ててくる。眉根を寄せてこちらをときおり見る目には、壮絶な艶《つや》が混ざり込んでいる。猥雑《わいざつ》な舌遣いでフェラチオする男の顔を見ているだけでも、視覚的な刺激が強すぎていきそうだ。こうして間近で見ていても、彼が自分に愛撫《あいぶ》をほどこしているのが信じられない。

水嶋の舌が自分に触れている。それを確認しただけでも骨抜きにされそうだ。

「俺にも舐めさせてよ」

男の腰を摑んで顔の上にまたがらせようとすると、水嶋はひどく嫌がった。ベッドに仰向けになった自分に彼が渋々とまたがったとき、その理由がわかった。

「なんだ、……俺のを舐めてるあいだにまた感じてたんだ？」

笑い声に、水嶋の腰が揺れる。

勃ちあがりかけているペニスを深く口に含み、舌全体で味わい尽くした。ゆっくりと硬度を昂めていくそこから、重くなっている陰囊《いんのう》にまで舌を這わせると、水嶋が上体をしならせる。

「あ、――っ、澤村……！」

「口が休んでるよ」

「だ、けど……、ッあ、あっ……」

尻を叩き、続けるようにうながしたが、舌が触れて軽く先端を嚙まれたかと思ったらまた離れていく。

「いいよ、わかったよ。……俺も水嶋さんとしたい」

澤村ははね起き、くたくたと崩れていく水嶋を抱き締めた。

「うしろからと前から、どっちがいいの？」

はあはあと息を切らす水嶋は睨みつけてくるだけで、返事をしない。

「あ、そう。じゃ、前からね。うしろからのほうがきつくないかと思うんだけど、水嶋さんのイク顔が見たいしね」

翻弄《ほんろう》されて、あと一歩で理性を振り落としそうな顔つきの水嶋を抱きかかえ、散々舐め回したことで濡れている場所に先端をこすりつけた。

「……マジで大丈夫なのかな。ダメそうだったら途中で言いなよ」

「お、まえは途中でやめられるのかよ……」

激しく胸を波立たせる水嶋に、「たぶん、むり」と笑った。

「じゃ、そんなこと最初から言うんじゃ——、あ、——ッ！　澤村……！」

水嶋の左足を肩に抱え上げ、ぐうっとねじ込んでいく。あまりにきつい収縮に、一瞬眩暈《めまい》がした。中ほどまで埋めたところで、暴走しそうな自分を押し止めようと深く息を吸い込む。

「ん……ううっ、ぅ、ん、……あぁっ」

思っていた以上に熱くて狭い。わずかに身動きすると、それを感じ取った水嶋の内壁がひくつき、絡め取ろうとする。本人は無意識かもしれないだろうが、凄まじい快感だ。

「なんだよ、これ……すげえ気持ち、いいよ……。奥まで、挿れていい？」

「ん、ん、」

水嶋がうわずった声で返事したとたん、その内側がうごめき、澤村に急激な変化をもたらした。

身体のずっと奥にまで伝わる、深く鋭い快感に支配されてしまったようだ。淫《みだ》らな感触に置いていかれないよう深呼吸を繰り返し、水嶋の肩を摑んだ。

「あぁ……、あ、あ……っ」

激しい熱に振り回され、薄く開いた男の目はぼんやりしていた。体内に潜む獣を頑丈な檻《おり》から解き放ったみたいに、水嶋は切迫した表情で求めてくる。そこからは一気に貫いた。微弱な痙攣《けいれん》が断続的に襲ってくるのにはお手上げだ。突き上げるたびに水嶋のそこが充血し、熱く締めつけてくる。

「澤村……」

とろんとした目を向けられてしまえば、もうこれっぽっちも余裕がなかった。えぐるように突きまくって揺さぶった。

とろけてしまいそうなやわらかな場所に、刻み込んでやる。こころも身体も全部、奪い尽くしてやる。

獰猛《どうもう》に腰を突き動かした。濡れた毛がまとわりつく肉棒がぐちゅり、ぬちゅ、と音をたて、水嶋を喘がせる。いままでに聞いたなかでも、いちばんいやらしい声だった。

もっと深く入り込もうとして、澤村は胸の下で悶《もだ》える身体を抱き締める。

「……澤村……っ、もう……、っ、ぁッ……」

「だめ、もう少し待ちな」

ぐりっと腰を回し、ゆっくり引き抜く。エラをわざと引っかからせ、浅く突いた。

「……っく……あぁ……」

「ほら、わかる？　俺が抜こうとすると水嶋さんが食いついてくるんだよね。気持ちよすぎてどうにかなりそうだよ……」

「いちいち、言うな……よ、おまえは……っ」

勃ちっぱなしになっている水嶋のペニスを握り、親指で亀頭を丸くこねてやりながら澤村は囁いた。

「言えば言うほどあんたが恥ずかしがるのがいいんだよ。それがいいんだって。俺に抱かれるのが気持ちよくて、恥ずかしくてたまらないんだろ？　悔しいって思ってるんだろ？　だってあんたは俺の上司だもんな。誰よりも売れてるクリエイターでさ……、だけど年下の俺が好きでしょうがなくて、ずっとこうしたかったって思ってたんだろう。……俺さ、あんたを崩して、

壊して、俺だけのものにしたい。何度でもほしいって言わせたいんだよ」

言葉を重ねていくごとに、水嶋の呼吸が浅くなる。額にはびっしりと汗が浮かび、喘ぎ続けていることで声も掠れていた。

つながっているだけで、意識がどろどろにとけていく。

このまま彼の身体に沈み込み、とけあってしまえたらいいのに。自分には似つかわしくない焦燥感を打ち消すため、水嶋をもっと喘がせるために揺さぶった。

水嶋の身体はどこもかしこも熱く濡れていた。触れていない場所はひとつもない。あったとしたら気が狂う。

もしかしたら、明後日のショウでは声がまともに出せないかもしれない。ふとそう思ったが、いっそ喉《のど》が潰れるほど喘がせたかった。そんなことに気を回す余裕がなくなるほど、感じさせたかった。

ほかの誰にも渡せない。硬い骨に阻まれるやるせなさを感じても、この身体に溺《おぼ》れてしまえばいい。水嶋にも、そう言わせたかった。

「もう他の男とは寝ないで。俺だけだよ。あんたとこうするのは俺だけなんだよ」

熱っぽく囁きながらくちづけると、背中に回された指先が食い込んでくる。汗ですべる肌を引き裂きそうなその力が、確かに男を抱いているのだということを証明していて、澤村の感覚を鋭敏にさせる。

明日の朝、鏡に背中を映したら、左手と右手、合計十個の弓型の痕がくっきり残っているのがわかるはずだ。それを思うと、満ち足りてくる。

こんなにも想われたことがなければ、想ったこともなかった。

たった数か月前、彼に好意を寄せられていると知ったとき、単純におもしろがっていただけなのに、いまではすっかり自分のほうが虜《とりこ》になっている。こうして抱いているあいだにも嵩《かさ》を増していく激しい独占欲に、意識が飛びそうだった。

水嶋をとまどわせたことも、傷つけたことも覚えている。それを考えると多少なりとも自己嫌悪に陥りそうだったが、この先二度と彼を悩ませないと約束できるかといったら、自信はなかった。

やがていつかは、飽きるときがくるのだろうか。男同士という閉塞的な関係に嫌気が差して、彼を手放す日がくるかもしれない。

先のことなど水嶋にも自分にもわからない。だけど、いまは、誰にも渡すつもりはなかった。なんて勝手なんだと誹《そし》られてもいい。この男を抱くのは自分だけだ。

もしかしたら、自分のほうが先に飽きられる可能性だってある。そう考えて、澤村はキスを繰り返す。「俺だけだよ」と繰り返すと、目縁をゆるやかにほどけさせた水嶋が抱きついてくる。そして、荒い息の下で一言だけぽつりと呟く。それを聞いて澤村は笑い、抱き締め返した。胸に棲《す》むひそやかな感情に、水嶋は「当たり前だろう」と答えてくれたのだった。

暖かなオレンジ色を基調としたナイトシステムのブースはいくつものバルーンが浮かび、多くのひとでにぎわっている。子どもがクレヨンで描いたようなタイトルロゴが大きく飾られたその下で、来場者が一様に水嶋作品のデモプレイ版に群がっていることを確認し、澤村は満足げにため息をついた。隣に立つ瀬木も、「ひと、入ってますね。成功ですよ」と嬉《うれ》しそうに笑う。

「ぎりぎりまでどうなるかわかりませんでしたけど、さすがは水嶋さんですね。スケジュールの鬼と呼ばれてるだけのことはありますよ」

「ああ。間に合ってよかったよ」

短く答えて、澤村は会場内をぐるりと見渡す。年に一度、日本で行われるゲーム業界の展示会としては最大規模とあって、どこのメーカーも自社ブースの飾りつけに力を入れ、見る者の目を楽しませてくれる。高い天井にひとびとの歓声と各ブースから流れ出す音楽がはね返り、場内に渦巻く熱気を縁取っていた。

　隣接するライバルメーカーのブースでは、カーレースのゲームを推しているらしく、コンパニオン代わりのレースクイーンたちが派手な色のパラソルを差し、見事な脚線美を披露している。惜しみない笑顔を振りまく彼女たちに少しばかり食指を動かされるが、気づいてみればやはりこころを占めているのは、三十分後に始まる水嶋の発表会だ。

「俺はそろそろ水嶋さんのほうに行くよ。瀬木はこのままブースのリサーチを頼む。……おい、瀬木？」

　返事がないことに振り返ると、瀬木はぽかんと口を開けて、きわどいハイレグのレースクイーンに釘付《くぎづ》けになっていた。

「いいですねえ。レースクイーンって化粧でバケてると思ってたけど、ナマで見るとやっぱり可愛い。ねえ澤村さん、今度は彼女みたいなひとたちと合コンしましょうか」

「おまえはまったく。俺の話をちっとも聞いてないだろ」

　澤村は苦笑して、後輩の頭をぽこんと叩いた。

「仕事中にコナかけるのはやめとけよ」

「もちろんですよ。あとでこっそり携帯のナンバーだけでも聞き出しておきます」

　やると言ったらかならずやるのが、瀬木の性格だ。そうでなければ自分の部下など務まらないとひとり笑いした。

「そういえば澤村さん、最近合コン合コンって騒ぎませんね。まさか僕に抜け駆けして本命の彼女でもつくったんじゃないでしょうね」

からかい気味に顔をのぞき込んでくる瀬木を、澤村は鼻で笑った。

「まさか。そんなことがあるわけねえだろ」

「そうですよねえ。下半身の倫理観がゼロの澤村さんについていけるひとなんか、そうそういませんよねえ」

後輩の軽口に、そりゃそうだ、と澤村は内心思う。

俺の隣に並んで見劣りしない奴がそう簡単にいるものか。だいたい、彼女なんかじゃなくて、あいつは男だ。脆くて強い、相反する二面性を持っている男は、精巧な箱庭をつくる才能を持っている。

「水嶋さんにおめでとうございますと伝えてください」

「それはまだ早い。開発はこれからが正念場だぜ」

「そうですね。僕らの仕事もまだまだこれからですよね」

瀬木にブースの管理を頼み、澤村はバックヤードに設けられている控え室に向かった。

ナイトシステム専用の控え室では、プロデューサーの伊藤《いとう》をはじめ、十数人の社員が談笑していた。水嶋はひとり、部屋の片隅で書類に目を通している。口元がかすかに動いているところを見ると、どうやら発表用の原稿を読み直しているらしい。

「あともう少しで始まりますね。壇上にあがったとたん、話す内容を忘れたりしませんよね？」

ひとの輪からはずれている男に話しかけると、水嶋はわずかに視線をあげ、「まさか」と微《ほほ》笑《え》む。

「バグを発見したときに比べれば、こういう場での緊張感なんか軽いもんだ」

「それもそうですね」

周囲の目を気遣い、ことさら丁寧な口調で澤村は応じた。

ふたりがいま思い出しているのは、きっと同じ人物のことだろう。バグを仕込んだのが木内だとあらためて知ったときも、水嶋は言葉少なに「そうか」とだけ言い、退社していく彼をとくに引き留めることはしなかったらしい。

「せっかく学生時代からのつきあいがあったのに、あんなことになって残念でしたね」

そばの椅子《いす》に腰掛け、澤村はテーブルに置かれたアルミの灰皿を引き寄せる。水嶋もジャケットの胸ポケットから煙草《たばこ》を取り出したので、ライターの火を近づけてやった。

煙を吐き出し、水嶋はしばらく口を閉ざしていた。今日の彼は、ストイックなシルエットのシングルスーツを身につけている。襟がつまったスーツの胸元を彩る濃紺のネクタイが、整った容貌によく似合っていた。

どこからどう見ても隙のない、研ぎ澄まされた男があんなにもほのぼのとしたゲームをつくるとは。ひとは見かけによらないもんだと澤村はくすりと笑う。

「……木内とは学生の頃からよくぶつかってたよ。大学のゲーム同好会にいた頃から売れたいってよく言ってた。なにがなんでも売れたい、有名になりたいって。上昇志向は俺も嫌いじゃないが、あいつとは根本的に嚙みあわなかった。プログラマーである自分のことさえ、表舞台に名が出ないって理由で嫌悪していたからな」

その言葉に木内から聞いた話を思い出し、澤村は、「なんであのひと、ゲームのプランニング側に回らなかったんだろうね」と訊ねた。すると、水嶋はちょっとだけ目を細めて笑う。

「……自分のなかに才能を見いださなかったんだろう。俺はあいつを好きになれなかったけど、プログラミングの腕は認めていたよ。あいつがいなかったら、大学時代のゲームだってできなかったんだ。おまえがいなけりゃだめだって、何度もそう言った。とうとう聞き入れてもらえなかったけどな。プログラミングだって創造性を必要とするのに、結局最後まで自分のことを歯車だとしか考えられなかったんだ。……バカな奴だよ」

シビアなことを言っているわりには、水嶋は浮かぬ顔をしている。

気があわなかったとはいえ、古くからのつきあいがあった者が姿を消したことにこころを痛めているのか。それとも別の理由からだろうか。

澤村はあえて聞くことなく、灰が落ちそうな煙草に気づかずにぼんやりしている水嶋に、灰皿を差し出した。

「あんたが気に病むことはないよ。あれだけ我の強いひとなんだから、どっか適当な会社に潜り込むはずだよ。でも、延々愚痴を垂れる性格は一生治らなさそうだよな」

「おまえにそこまで言われる木内が気の毒に思えてくるよ」

目をあわせて笑いあっているところに、プロデューサーの伊藤が、「そろそろ行きましょう。十分前だ」と近づいてきて、澤村たちも立ち上がった。

スタッフたちが賑々しく喋りながら控え室を出ていく。会場の中央に設けられたステージに向かう途中、水嶋は数人のファンに呼び止められて気軽にサインをしてやっていた。

ステージ前に設けられた客席には、すでに多くのマスコミと客が詰めかけており、スクリーンで流されている『ぼくらのおやすみ』の映像に見入っている。

セット裏で待機するあいだ、水嶋が幅広のネクタイを締め直しながら振り返った。

「これ」と言って澤村のポケットになにかをすべり込ませ、前に向き直る男に、澤村は「なに？」と首を傾《かし》げた。

「さしずめ、俺たちにとっての〝銀の弾丸〟ってところかな」

澄ました顔で水嶋が言う。

「いいからあとで見ろ。それよりも俺があがってつっかえないように祈っててくれ」

「心配なら原稿見ながら喋れば」

「そんな格好悪いことができるか」

「見栄っ張りだね、あんたも」と澤村は言って、「あ、そうだ。今度は俺に、おまえがいなけりゃだめだって言ってよ。木内さんに言えたんなら、俺には百回ぐらい言えるよね」と冗談交じりにつけ足した。

「……ほんとうにおまえは厚かましいな。真面目に考えてる俺がバカみたいだ」

水嶋は苦笑している。

「俺は客席で見てるよ」

司会役を務める男性アナウンサーが水嶋の名を呼んだのと同時に、澤村は客席に向かった。

「では、これから『ぼくおや』のディレクターを務める水嶋弘貴《ひろき》さんに直接お話を伺っていこうと思います。水嶋さん、このソフトの略称は『ぼくおや』でいいんですよね？」

「ええ、それでお願いします。『ぼくやす』だとどうも安っぽいイメージしか浮かばないんで勘弁してください」

場内に笑い声が響く。端正な横顔を持つクリエイターをとらえようと、カメラのフラッシュが次々に焚かれる。水嶋はそれに動じることなく、よどみない口調で喋り出す。

仕事を通して見る水嶋は、まったくと言っていいほど弱さを感じさせない。自分のつくる作品に誇りを持ち、自信に満ちた声でユーザーに語りかけている。その様子を離れた場所から見守っていた澤村は、自分だけが知っている感受性豊かな一面を彼の横顔に重ねあわせ、これからどうなるんだろうと頭の隅で考える。

彼がつくる作品同様、この関係に決まったエンディングはない。いかようにも変わるだろう関係にはさまざまな選択肢が用意されており、どのルートを辿《たど》っていくかは自分しだいとなる。

水嶋の作品にしても、これまでも、たったひとつの終わりしかないゲームを推していたのは、面倒な思いをしたくなかったからに過ぎない。

物事は簡単なほうがいい。誰かと恋をするにも、セックスするにも自分が主導権を握り、あらかじめ用意したゴールに向かって進んでいくのが当然だと思っていた。自分が飽きたらそれまで、と思っていたのだ。

だけど、この男とはそう簡単にいかなそうだ。ゲームならともかく、現実においてはお決まりのハッピーエンドなどくそくらえだと思っているし、水嶋とて一度寝たぐらいで易々と言いなりになるわけではないだろう。

水嶋を好きだと思う気持ちに嘘はない。いままでは一方的に彼をからかってばかりいたけれど、もしかしたらこの先、こっちのほうが振り回されるかもしれないという予感があった。引きずられる自分を想像するだけでも、噴き出しそうだ。それもおもしろいとわくわくしてくる。

クリエイターなら、自分のつくったゲームでどんなことが起き、どんな終わりが待っているか、すべてを把握している。水嶋ならばこの関係をどう展開させるのだろうと考え、ふと思い出してポケットに手を入れてみると、指の先にかちりとした金属が触れる。

いつのまにか隣に立っていた瀬木に気づかれないようにこっそり取り出して見ると、一本の鍵《かぎ》だった。見覚えのある特殊な形の鍵を使えば、彼の部屋の扉が開くというわけだ。

これが水嶋なりの選択肢なのだろうか。

こんな自分とつきあってもろくなことがないのに、彼も変わっている。ほかを探せばもっとましな奴がいるだろうにと思う澤村自身、しかし、いまのところこの位置を誰かに譲る気はまったくないのだ。

見かけは強靱《きょうじん》でも案外脆い水嶋と、根っから自信過剰な自分と、組みあわせとしてはおもしろい。当面、飽きる暇などないだろう。

緻密《ちみつ》な世界を創り出すのに長《た》けた水嶋が澤村にもたらしたのは、才能ある男を振り回す快感と、言葉にできないもどかしさだ。

彼の気持ちなどお構いなしにこころを踏みしだき、いつの日か平然と去っていく自分を思い浮かべてみたところで良心が痛むわけではないけれど。

最後の最後で、自分にはあるまじき一ミリグラムのためらいを感じ、うしろを振り向いてしまいそうだ。そして、それが恋というものなのかとため息をつき、ついに焼きが回ったかと笑い出してしまうことだろう。

銀の弾丸。先ほど水嶋が口にしたのは、ソフトウェアの開発において、どんなに困難な問題も一気に解決できるという幻の手法を指す比喩《ひゆ》である。狼人間《おおかみにんげん》を倒すことができる唯一の武器、という欧州の伝説に基づき、一発で敵を倒せる、すなわち、ひとつのことを実行するだけですべてが片づくといった理論だが、現実には狼人間もいなければ、そんな都合のいい話もない。

だけど、いまの自分たちにはそのたとえがぴったりかもしれなかった。

最初にくちづけたときから惹かれていたのに素知らぬふりを続け、散々回り道をしたあげくにようやく手に入れたこの鍵が、ふたりにとっての銀の弾丸だ。

クリエイターらしい言い回しに澤村は微笑む。水嶋と自分はまだ始まったばかりで解決という言葉とはほど遠いところにいるけれど、鋭い弾丸に背を押されて進めるのならそれでいい。

もの思いにふけっていたら、波に乗り遅れた。発表を終えた水嶋は顔をほころばせ、割れんばかりの拍手を浴びている。伊藤も瀬木もほかのスタッフも皆、まだ誰も見たことのない自由な世界を生み出す男に向けて盛大な拍手を贈っている。

どうやら発表会は成功に終わったようだ。まぶしいフラッシュが水嶋を浮かび上がらせる背後で、大型スクリーンではゲームの主人公である少年がのんきな顔で釣りに興じている。

一拍遅れたぶん、誰よりも長く続く拍手を。たとえ最後のひとりになっても、こころにきらきらかがやくものを残した男に惜しみない拍手を贈る。

壇上からこちらに向かってかすかに笑う男とミズシマ少年に、澤村も鍵を握り締めながら笑い返した。

あとがき

キャラ文庫ではお初にお目にかかります、秀香穂里《しゅうかおり》です。

あとがきが4ページにも及ぶ大長編と聞き、いままさに書き出したばかりなのに早くも貧血を起こしそうになっています。その昔、献血をしようと勇んで献血車に走っていったところ、「あなたの血は薄すぎます」とさっくり断られ、がっかりした経験がありました。命の次に大事な「眼鏡」（生活必需品としてではなく、燃えアイテムとしてです。萌えをとおり越しています）のことになると、それこそ逆流する勢いなのに、人生とはうまくいかないものですよね。

なにを書いたらいいのか大変混乱している反面、いざ書き出すと止まらないという癖は「その手のシーン」を書く際にもよく現れます。今回もいろいろと追加してしまい、命の次の次に大切な……を書いて、ハッと我に返りました。著者校正の段階で絶対に悔やむくせに……ヘソの緒を嚙む勢いで悶絶するくせに、書いてしまうのです……。だがしかし、校正でその描写を消すかと思いきや、さらに書き足してしまえーコンチクショー、というような、まさしく「毒を食らわば皿まで」という性格なので、火に油を注ぐ結果となってしまいました。がくり。

ゲーム業界を舞台に書くと決まってから、あれこれとひとり想像をふくらませました。水嶋《みずしま》が過去つくっていたゲームはあんな感じで、澤村《さわむら》が勤めている会社はここがモデル……と考えている時間がいちばん楽しかったです。ものづくりに携わっている方々の派手なイメージにも惹かれますが、地道な実作業を見るのもとても好きです。考えている以上に地味で、肉体労働である業界の一面が、読んでくださる方にも伝わればいいなと願っています。

水嶋はわりとするする書けたキャラだったのですが、案に相違して難航したのが澤村でした。澤村の視点で書くと決めた自分を、いっそ呪い殺したいと思った瞬間があったほどです。なぜおまえはわたしが思ったとおりの電波じゃないのだと……。

とにかく、「ひとでなし」であることが澤村の基本だったので、口の中で「ひとでなしひとでなし」と呟きつつ、ちょっとでもいいひとそうな行動に走ろうとすると慌ててキーボードを叩く手を止めていました。

それでも、中盤過ぎまで「こいつはほんとうに人間としてダメな奴だろうか」と悩み、思いあまって知人に見せたところ、「すごく嫌な男だ……」とため息と一緒に原稿を突っ返されました。もちろん、そのときのわたしはバンザイ三唱でした。ウフフ……。

キャラさんで初めての文庫、ということで、いろいろと思い出深い一冊になりそうです。その最たる思い出と言えば、なんといってもタイトルがなかなか決まらなかったことでしょう。

担当様に提出したタイトル数は、なんと二十四本。ものすごい打率の悪さです。

もしも水嶋が担当様の立場にいたら、間違いなく腸捻転を起こしていたかと思われます。どうもわたしにはセンスというものがなくて……と、無事タイトルが決まったあとに呟きましたら、担当様は「いえいえ、センスはあると思うんですよ」と返したのち、爆笑されてらっしゃいました。もちろんわたしも一緒に笑ってしまいました。なぜって、提出していたタイトルは、すべてがアホ路線だったからなのです。

ボツッたタイトルをひとつ挙げますと、「恋のゲームは本日終了」というものがありました。「最後に★もつけちゃおっかな」とウキウキしていたあの日のわたしよ、海の藻屑となって消えてしまえー、という心境です。そりゃボツるはずです。ダメ過ぎます。

ようやくタイトルも決まり、こうしてあとがきに至ったわけですが、担当様、その節はほんとうにお手数をおかけしました。いまさらながらに、このトンチキ回路が憎いです。

挿絵を担当してくださった、祭河《さいかわ》ななを様。祭河様に描いていただけると決まった日から、キャララフが拝見できるのをこころ待ちにしていて、いわば毎日が、「明日は遠足ー！」という感じでした。ラフが実際に手元に届き……水嶋にはもったいない澤村と、澤村にはもっともったいない水嶋で、とても嬉しかったです。お忙しいなか、ほんとうにありがとうございました。できあがった本のページをめくる日が楽しみでなりません。

担当の光廣様。最初から最後まで懇切丁寧にご指導くださったことに、こころから感謝しています。あのタイトル数におつきあいいただけただけでも、真剣に嬉しいです……。どうかこれに懲りずに、今後ともよろしくお願いいたします。

そして、この本を手に取ってくださった方と友だちへ。隙間恐怖症なので、苦手と言いつつ、みっちり書いてしまったあとがきにまでおつきあいくださり、ほんとうにありがとうございました。どこかの街の、どこかの書店さんでこれを手にしてくださった方がいるというのがうまく想像できないのですが、少しでも楽しんでいただけたら、とてもしあわせです。どうかこの感謝が、読んでくださった方に届きますように。

お気が向かれましたら、ご意見、ご感想などをぜひお聞かせくださいね。電波日記を時々刻々と書いているサイト「MACHINEGUNGROOVE」(http://groovegroove.com)にも遊びに来ていただければ嬉しいです。

それでは、またお会いできますように。

二〇〇三年八月　秀香穂里

この本を読んでのご意見、ご感想を編集部までお寄せください。

《あて先》〒105−8055　東京都港区芝大門2−2−1　徳間書店　キャラ編集部気付
「くちびるに銀の弾丸」係

■初出一覧
くちびるに銀の弾丸……書き下ろし

Chara

くちびるに銀の弾丸

……【キャラ文庫】

2003年9月30日　初刷
2007年6月20日　3刷

著者　秀 香穂里
発行者　市川英子
発行所　株式会社徳間書店
〒105-8055 東京都港区芝大門2-2-1
電話048-451-5960（販売部）
03-5403-4348（編集部）
振替00140-0-44392

印刷　大日本印刷株式会社
製本　株式会社宮本製本所
カバー・口絵　近代美術株式会社
デザイン　海老原秀幸

ISBN978-4-19-900279-3

キャラ文庫既刊

キャラ文庫既刊

【ブラザー・チャージ 泣かせてみたいシリーズ】CUT／禾田みちる
[天使のアルファベット]CUT／極楽院櫻子
[プラトニック・ダンス①～④]CUT／沖麻実也

■神奈木智
[地球儀の庭]CUT／やまかみ梨由
[王様は、今日も不機嫌]CUT／雁川せゆ
[勝ち気な三日月]CUT／楠本こすり
[キスなんて、大嫌い]CUT／穂波ゆきね
[その指だけが知っている]
【左手は彼の夢をみる その指だけが知っている2】CUT／小田切ほたる
[ダイヤモンドの条件]
[シリウスの奇跡 ダイヤモンドの条件2]CUT／須賀邦彦

■高坂結城
[午前2時にみる夢]CUT／羽音こうき
[恋愛ルーレット]CUT／橘 皆無
[瞳のロマンチスト]CUT／穂波ゆきね
[エンジェリック・ラバー]CUT／みずき健
[微熱のノイズ]CUT／椎名咲月
[サムシング・ブルー]CUT／雁川せゆ
[好きとキライの法則]CUT／宏橋昌水

■剛しいら
[このままでいさせて]CUT／藤崎一也
[エンドマークじゃ終わらない]CUT／椎名咲月
[伝心ゲーム]CUT／依田沙江美
[追跡はワイルドに]CUT／緋色れーいち
[雛供養]CUT／須賀邦彦
[顔のない男]CUT／北畠あけ乃

■ごとうしのぶ
[水に眠る月 ―夢見の章―]
[水に眠る月② ―霧雨の章―]
[水に眠る月③ ―黄昏の章―]CUT／Lee

■榊 花月
[午後の音楽室]CUT／依田沙江美
[白衣とダイヤモンド]CUT／明森びびか
[ロマンスは熱いうちに]CUT／夏乃あゆみ

■桜木知沙子
[ささやかなジェラシー]CUT／ビリー高橋
[ご自慢のレシピ]CUT／椎名咲月
[となりの王子様]CUT／夢花 李

■佐々木禎子
[ロッカールームでキスをして]CUT／高久尚子
[ナイトメア・ハンター]CUT／にゃおんたつね
[最低の恋人]CUT／蓮川 愛
[恋愛ナビゲーション]CUT／山守ナオコ
[したたかに純愛]CUT／不破慎理

■篠 稲穂
[ひそやかな激情]CUT／穂波ゆきね
[草食動物の憂鬱]CUT／宗真仁子
[禁欲的《ストイック》な僕の事情]CUT／桃季さえ
[熱視線]CUT／夏乃あゆみ
[Baby Love]CUT／宮城とおこ

■秀香穂里
[くちびるに銀の弾丸]CUT／祭河ななを

■菅野 彰
[毎日晴天！]
[子供は止まらない 毎日晴天！2]
[子供の言い分 毎日晴天！3]
[いそがないで。毎日晴天！4]
[花屋の二階で 毎日晴天！5]
[子供たちの長い夜 毎日晴天！6]
【僕らがもう大人だとしても 毎日晴天！7】
[花屋の店先で 毎日晴天！8]
[君が幸いと呼ぶ時間 毎日晴天！9]CUT／二宮悦巳
[野蛮人との恋愛]
[ひとでなしとの恋愛 野蛮人との恋愛2]
[ろくでなしとの恋愛 野蛮人との恋愛3]CUT／やしきゆかり

■春原いずみ
[風のコラージュ]CUT／やまかみ梨由
[緋色のフレイム]CUT／果桃なばこ
[とけない魔法]CUT／やまねあやの
[チェックメイトから始めよう]CUT／椎名咲月
[白檀の甘い罠]CUT／明森びびか
[氷点下の恋人]CUT／片岡ケイコ

■染井吉乃
[嘘つきの恋]
[蜜月の条件 嘘つきの恋2]
[誘惑のおまじない 嘘つきの恋3]CUT／宗真仁子
[サギヌマ薬局で…]CUT／よしながふみ
[blue ～海より蒼い～]CUT／夢花 李
[トライアングル・ゲーム]CUT／嶋田尚未
[足長おじさんの手紙]CUT／南かずか
[ハート・サウンド]
[ボディ・フリーク ハート・サウンド2]CUT／麻々原絵里依

■篁釉以子
[ヴァージン・ビート]CUT／かすみ涼和
[ヴァニシング・フォーカス]CUT／楠本こすり
[カクテルは甘く危険な香り]CUT／雁川せゆ
[バックステージ・トラップ]CUT／松本テマリ

キャラ文庫既刊

[ドクターには逆らえない] CUT／やまかみ梨由
[真夏の合格ライン] CUT／明森びびか

■月村 奎
[そして恋がはじまる] CUT／夢花 李
[アプローチ] CUT／夏乃あゆみ

■徳田央生
[会議は踊る！] CUT／ほたか乱
[ラ・ヴィ・アン・ローズ] CUT／史堂 櫂

■灰原桐生
[僕はツイてない。] CUT／史堂 櫂

■火崎 勇
[ウォータークラウン] CUT／不破慎理
[EASYな微熱] CUT／金ひかる
[永い言葉] CUT／石田育絵
[恋愛発展途上] CUT／蓮川 愛
[三度目のキス] CUT／高久尚子
[ムーン・ガーデン] CUT／須賀邦彦
[グッドラックはいらない！] CUT／果桃なばこ
[マイフェア・ブライド] CUT／雁川せゆ
[お手をどうぞ] CUT／松本テマリ
[ロジカルな恋愛] CUT／山守ナオコ
[カラッポの卵] CUT／明森びびか

■ふゆの仁子
[メリーメイカーズ] CUT／楠本こすり
[飛沫の鼓動《リズム》]
[飛沫の輪舞《ロンド》 飛沫の鼓動2] CUT／不破慎理
[飛沫の円舞《ワルツ》 飛沫の鼓動3]
[太陽が満ちるとき] CUT／高久尚子
[年下の男] CUT／北畠あけの
[Gのエクスタシー] CUT／やまねあやの
[ボディスペシャルNO.1] CUT／やしきゆかり

[恋愛戦略の定義] CUT／雪舟 薫
[フラワー・ステップ] CUT／夏乃あゆみ
[ソムリエのくちづけ] CUT／北畠あけ乃
[プライドの欲望] CUT／須賀邦彦

■穂宮みのり
[無敵の三原則] CUT／宗真仁子

■前田 栄
[好奇心は猫をも殺す] CUT／高口里純

■松岡なつき
[声にならないカデンツァ] CUT／ビリー高橋
[ブラックタイで革命を]
[ドレスシャツの野蛮人 ブラックタイで革命を2] CUT／緋色れーいち
[センターコート] 全3巻 CUT／須賀邦彦
[旅行鞄をしまえる日] CUT／史堂 櫂
[GO WEST！] CUT／ほたか乱
[NOと言えなくて] CUT／果桃なばこ
[WILD WIND] CUT／雪舟 薫
[FLESH & BLOOD①～⑤] CUT／雪舟 薫

■真船るのあ
[オープン・セサミ]
[楽園にとどくまで オープン・セサミ2]
[やすらぎのマーメイド オープン・セサミ3] CUT／蓮川 愛
[思わせぶりな暴君] CUT／果桃なばこ
[恋と節約のススメ] CUT／橘 皆無
[眠れる館の佳人] CUT／にゃおんたつね

■水無月さらら
[素直でなんかいられない] CUT／かすみ涼和
[無敵のベビーフェイス]
[ファジーな人魚姫 私立海宝学園シリーズ2]

[真珠姫ご乱心！ 私立海宝学園シリーズ3] CUT／吹山りこ
[お気に召すまで] CUT／北畠あけの
[永遠の7days] CUT／真生るいす
[視線のジレンマ] CUT／Lee
[恋愛小説家になれない] CUT／史堂 櫂

■望月広海
[あなたを知りたくて] CUT／藤崎一也
[君をつつむ光] CUT／ビリー高橋
[気まぐれ猫の攻略法] CUT／宗真仁子

■桃さくら
[砂漠に落ちた一粒の砂]
[いつか砂漠に連れてって 砂漠に落ちた一粒の砂2] CUT／吹山りこ
[ロマンチック・ダンディー] CUT／ほたか乱
[南の島で恋をして] CUT／桃季さえ
[億万長者のユーウツ] CUT／えとう綺羅
[だから社内恋愛！] CUT／神崎貴至
[占いましょう] CUT／唯月 一
[宝石は微笑まない] CUT／香雨

■吉原理恵子
[二重螺旋]
[愛情鎖縛 二重螺旋2] CUT／円陣闇丸

〈2003年9月27日現在〉

投稿イラスト★大募集

キャラ文庫を読んで、イメージが浮かんだシーンをイラストにしてお送り下さい。キャラ文庫、『Chara』『Chara Selection』『小説Chara』などで活躍してみませんか？

•応募きまり•

[応募資格]

応募資格はいっさい問いません。マンガ家＆イラストレーターとしてデビューしている方でもOKです。

[枚数／内容]

①イラストの対象となる小説は『キャラ文庫』か『Chara、Chara Selection、小説Charaにこれまで掲載された小説』に限ります。既存のイラストの模写ではなくオリジナルなイメージで仕上げて下さい。
②カラーイラスト１点、モノクロイラスト３点の合計４点。カラーは作品全体のイメージを。モノクロは背景やキャラクターの動きの分かるシーンを選ぶこと（裏にそのシーンのページ数を明記）。
③用紙サイズはＡ４以内。使用画材は自由。

[注意]

①カラーイラストの裏に、次の内容を明記して下さい。（小説タイトル、ペンネーム、本名、住所、電話番号、職業、年齢、投稿・受賞歴、返却の要・不要）
②原稿返却希望の方は、切手を貼った返却用封筒を同封して下さい。封筒のない原稿は編集部で処分します。返却は応募から１カ月以内。
③締め切りは特別に定めません。採用の方のみ、編集部から連絡させていただきます。選考結果の電話でのお問い合わせはご遠慮下さい。

[あて先]

〒105-8055 東京都港区芝大門2-2-1
徳間書店 Chara編集部 イラスト募集係

投稿小説★大募集

『楽しい』『感動的な』『心に残る』『新しい』小説——

みなさんが本当に読みたいと思っているのは、どんな物語ですか？　みずみずしい感覚の小説をお待ちしています！

•応募きまり•

[応募資格]

商業誌に未発表のオリジナル作品であれば、制限はありません。他社でデビューしている方でもOKです。

[枚数／書式]

20字×20行で50〜100枚程度。手書きは不可です。原稿はすべて縦書きにして下さい。また、800字前後の粗筋をつけて下さい。

[注意]

①原稿の各ページには通し番号を入れ、次の事柄を１枚目に明記して下さい。（作品タイトル、総枚数、ペンネーム、本名、住所、電話番号、職業、年齢、投稿・受賞歴）
②原稿は返却しませんので、必要な方はコピーをとって下さい。
③締め切りは特別に定めません。面白い作品ができあがった時に、ご応募下さい。
④採用の方のみ、原稿到着から３カ月以内に編集部から連絡させていただきます。また、有望な方には編集部からの講評をお送りします。
⑤選考についての電話でのお問い合わせは受け付けできませんので、ご遠慮下さい。

[あて先]

〒105-8055 東京都港区芝大門2-2-1
徳間書店 Chara編集部 投稿小説係

キャラ文庫最新刊

となりのベッドで眠らせて

鹿住 槙
イラスト◆椎名咲月

恋人が突然留学し、ショックを受ける裕貴《ひろき》。そんな時、恋人の親友・雄《ゆう》仁《じん》が強引に裕貴を口説いてきて!?

くちびるに銀の弾丸

秀香穂里
イラスト◆祭河ななを

ゲーム会社の広報マン・澤村《さわむら》は、新作ゲーム開発のため引き抜かれたディレクター・水嶋《みずしま》に興味を持つが…。

氷点下の恋人

春原いずみ
イラスト◆片岡ケイコ

新米の保険調査員・神子田《みこだ》は、不審な事故の調査中、ミステリアスな整形外科医・貴船《きふね》に出逢い!?

10月新刊のお知らせ

秋月こお［要人警護］cut／緋色れーいち
池戸裕子［人事異動は恋の季節(仮)］cut／果桃なばこ
川原つばさ［プラトニック・ダンス⑤］cut／沖麻実也
ごとうしのぶ［熱情］cut／高久尚子

10月28日(火)発売予定

お楽しみに♡